KB059599

읽기의 미래

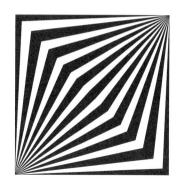

읽기의 미래

The future of reading

인공지능 시대,
지혜로운 읽기를 찾아서

류대성 지음

북바이북

시공을 뛰어넘는 읽기는 가능할까

21세기 인류는 가상공간에서 정보를 얻고 자신의 일상을 공유한다. 이전과 다른 새로운 종의 출현이라 할 만하다. 사람들은 인터넷이 연결된 스마트폰, 태블릿, 노트북 등 다양한 디지털 미디어로 '읽고 쓰는' 일상을 즐긴다.

전 세계를 휩쓴 코로나19 감염병 사태 이후, "사람들 사이에 섬이 있다. 그 섬에 가고 싶다"라던 어느 시인의 말은 현실이 되었다. 사회적 거리 두기는 새로운 표준new normal이 되어 물리적 거리뿐 아니라 심리적 거리까지 만들었다. 네트워크 시대를 사는 우리에게 온라인은 새로운 공론장의 중심이 된 지 오래다. 정치, 경제, 교육, 문화가 디지털 미디어를 통해 랜선을 타고 흐른다.

'인공지능Artificial Intelligence'과 '4차 산업혁명 시대'라는 말은 서로 다른 의미로 사람들을 옥죈다. 사람과 사람 사이를 잇는 네트워크 시대를 넘어 사물과 인간을 잇는 사물인터넷Internet of Things 시대가 오고 있다. 과학기술의 발달로 일자리가 감소하고 고용 없는 성장이 이어지며 자본 수익률이 소득성장률을 앞선 시대다.

초연결 사회에 살고 있으나 사람들 사이에 놓인 섬은 점점 멀어지고 있다. 아날로그 시대의 공부, 성적, 시험, 자격증만으로는 버틸 수 없는 시대가 이미 시작된 건 아닐까. 미래가 우리에게 요구하는 건 무엇일까. 행복한 내일을 위해 우리는 어떤 능력을 길러야 할까.

미래 사회는 주체적인 삶의 태도가 필요하다. 지식과 정보가 넘쳐나는 세상이지만, 자신에게 시의적절하고 유익한 지식과 정보를 가려내는 건 각자의 몫이다. 지식과 정보를 걸러 사실과 의견을 구분하고 비판적 안목을 기르면 문제 해결 능력도 향상된다. 접속과 공유의 시대를 살아가는 우리에게 필요한 건 급변하는 시대에 발빠르게 적응할 수 있는 상상력과 창의력이다. 더불어 자기만의 콘텐츠는 세상을 살아가는 힘이 될 것이다. 이를 위해서는 능동적·자율적 학습 능력과 확산적 사고력, 정보 편집력이 필요한데, 이 모든 힘을 기를 수 있는 가장 좋은 방법이 독서다.

매체 이론가인 프리드리히 키틀러는 정보를 저장, 전달, 재현하는 방식을 '매체'라고 정의한다. 달리 말하면 매체가 인간의 인식을 바꾼다는 것이다.[1] 이는 아날로그 매체인 '문자' 시대에서 디지털 매체인 '미디어' 시대로의 전환을 위한 절대적 적응 조건이다. 미래 사회에서 '읽기'는 문자 언어를 통한 사고의 확장과 연결이다. 매체 기술의 발달은 인간의 사고를 전복하고 사회 변화를 이끈다. 지금 우리가 겪는 인류 문화사의 발전과 변혁이 그렇다. 우리는 전통적인 문자 해독 능력을 디지털 매체 읽기로 전환해야 하는 세상의 변화를 온몸으로 느끼며 살아가고 있다.

이 책에서 말하는 '읽기'는 전통적 의미의 독서를 넘어 미디어 리터러시로의 확장을 의미한다. 나아가 사람을 읽고 세상을 읽는 일은 우리 삶에서 꼭 필요한 능력이다. 독서는 선택이지만 읽기는 필수다. 교양과 여가를 위한 독서가 아니라 생존을 위한 읽기를 위해 이 책은 다양한 질문을 던진다.

1부에서는 우리가 사는 시대의 특징과 독서의 본질을 점검한다. 책을 읽는 이유는 물론 책의 과거와 현재, 미래를 살핀다. 또한 텍스트를 넘어 미디어 리터러시로 확장을 시도한다. 독서가 아니라 읽기가 필요한 이유를 다룬다. 2부에서는 미래를 위한 구체적인 읽기 방법을 제시한다. 평면적이고 단편적인 독서를 넘어 입체적이고 능동적인 독서를 통해 우리에게 다가올 미래를 준비한다. 개인에게 필요한 능력을 점검하고 사회적 변화에 대처하기 위한 읽기를 설명한다. 특히 '나'를 중심으로 주체적인 사고력을 기르기 위한 읽기에 집중해본다.

　누구나 문자를 해득하고 텍스트를 통해 인간과 세상을 이해하기 시작한다. 어떤 미래가 펼쳐지더라도 책은 여전히 인간의 사고를 확장하고 새로운 세상을 상상하며 사물을 낯설게 할 것이다. 독서에 기반을 둔 사고력이 다양한 미디어를 이해하고 분석하는 능력으로 이어지고 자기만의 콘텐츠를 만드는 도구로 활용된다.

　이제 독서가 아닌 읽기의 시대다. 책을 읽는 데 머물 것이 아니라 사람과 세상을 읽어보자. "너 자신을 위한 목표들, 고귀한 목표들을 세워라. 그리고 그것들을 추구하며 파멸하라! 위대하고 불가능한 것을 추구하며 파멸하는 것보다 더 나은 삶을 나는 모른다. 위대한 영혼들은 아낌없이 탕진한다"[2]라는 니체의 말은 여전히 유효하며 미래에도 적용되는 삶의 원리다. 모든 책은 현실과 맞닿아 있으며 현실을 읽는 능력은 곧 미래를 읽는 능력이다. 더 나은 삶을 위한 읽기, 더 나은 세상을 위한 읽기의 미래는 각자가 어떻게 준비하느냐에 따라 달라진다.

책이 가득한 구석방에서

류대성

차례

1부 | 책과 디지털 미디어 읽기

1장 시대정신과 독서의 본질

2장 디지털 리터러시가 필요한 시대

1장 나를 위한 읽기 능력

2장 세상을 읽는 방법

3장 미래를 읽는 독서 방법

1부

책과 디지털 미디어 읽기

우리는 매 순간 자본주의를 들이마시고 민주주의를 내뱉는다. 세상의 작동 원리가 돈이라는 사실을 부정할 수 있는 사람은 없다. 슬픈 일이지만 자본에는 감정이 없고 현실은 차갑다. 계속되는 이상기후와 코로나19 감염병 사태로 일상 이 무너진 사람들은 현실이 두렵고 미래를 예측하기도 어렵다. 그렇지만 인간은 이념과 가치를 내세우고 희망을 이야기해야 살 수 있는 존재다. 사람들은 자유 와 평등이라는 민주주의의 가장 기본적 가치를 두고도 생각이 다르지만, 어제보 다 나은 내일을 꿈꾸며 오늘을 살아간다.

'자본'을 쫓고 '민주'를 지키기 위한 개인과 사회의 하루하루는 힘겹기만 하다. 인간의 삶은 그리 단순하지 않은데도 사람들은 점점 자기 신념에 매몰되어 입은 진화하고 귀는 퇴화한다. '읽기'는 눈으로 듣는 일이며 '독서'는 몸으로 읽는 행위 다. 21세기형 인류는 SNS로 소통하고 유튜브로 세상을 이해하며 자신을 표현한 다. 아날로그 세대의 '책'과 디지털 세대의 '미디어'는 전혀 다른 매체일까. '돈'을 쫓는 일과 '가치'를 추구하는 삶이 불가능하지 않듯, 자본주의와 민주주의가 조 화를 이루려는 노력이 필요하듯, 책과 미디어는 서로 다른 세대의 전유물이 아 니라 서로에게 필요한 기능과 역할이 숨어 있다.

시대정신을 살피는 일은 철학과 역사의 문제다. 디지털 리터러시는 미디어를 이해하는 데 머물지 않고 한발 나아가 타인과 세상을 수용한다. 각자의 시간과 공간을 가늠해보자. 무엇을 위해, 어디를 향해 걷고 있든지 책과 미디어는 여행길을 나서는 사람에게 꼭 필요한 준비물이다. 서로 전혀 달라 보이지만 인간이 가야 할 길과 현실을 살아가는 방법을 제시한다는 점에서 많이 닮았다. 책과 미디어는 그렇게 어울려 살 수밖에 없는 운명이다.

전통적인 관점으로 책을 바라보거나 독서에 대한 오해, 부정적 독서 경험으로 책과 멀어진 사람들에게도 디지털 미디어는 필수적인 생활 도구가 되었다. 책과 독서에 대한 편견을 걷어내고 조금 더 깊이 미디어를 이해하고 활용하기 위해서는 무엇이 필요할까. 책을 읽는 일과 미디어를 읽는 행위는 전혀 다른 걸까. 이해, 분석, 비판, 상상, 추론, 창조하는 사고력은 매체의 문제가 아니라 메시지를 수용하는 개인의 능력 차이일 뿐이다.

1장

시대정신과
독서의 본질

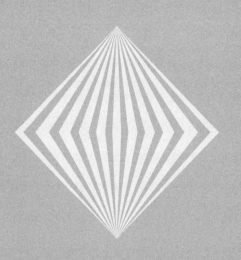

우리는 왜
책을 읽을까

_____ 우리가 책을 읽는 이유

우리는 왜 책을 읽는가? 3차 산업혁명을 거치면서 1990년대 중반 이후 '새로운 지식과 정보'는 인터넷을 통해 유통되고 있다. 한때, 대한민국의 대표적인 포털 사이트 네이버의 '지식iN' 서비스를 비하하면서 "네이놈(네이넌)에게 물어봐"라고 조롱하던 기억이 새롭다. 초등학생들이 '내공'을 올리려고 다는 답변이 대부분이었다. 그 후로 20여 년이 흘렀다. 지금은 아무도 '위키백과'나 네이버의 '지식백과'에 축적된 데이터를 얕잡아 보지 않는다. 지식iN 서비스도 각 분야의 '전문가 답변'을 따로 확인할 수 있다. 식

당에서 조기축구회 회원들이 FC 바르셀로나 메시의 은퇴 시기를 걱정하며 스마트폰으로 나이를 검색한다. 혈압이 높은 아빠에게 좋은 음식, 여름철 휴가지에 대한 정보, 뉴스에 나온 경제 개념, 뉴욕 증시 변동, 아프리카의 기아 문제 등 최신 정보를 찾기 위해 서점과 도서관으로 뛰어가는 사람은 이제 드물다. 해당 분야의 최신 논문과 학계의 동향 파악을 위해 학회 논문집 발간을 기다리는 사람도 마찬가지다.

'국민독서실태조사'는 1993년에 시작했다. 지금은 격년제로 시행하며 대한민국 사람에게 '책이란 무엇인가'를 묻고 있다. 2019년 조사 결과, 책을 읽는 목적으로 성인(25.9%)과 학생(28.7%) 모두 '새로운 지식과 정보를 얻으려고'라는 항목을 가장 많이 선택했다. 성인은 '마음의 위로와 평안을 얻으려고', 학생은 '책 읽는 것이 즐거워서'를 2위로 꼽았다. 책을 읽는 동기에 대해 성인은 '스스로 읽고 싶어서'(49.0%)와 '자기계발을 위해서'(17.8%), 학생은 '학교 숙제나 독후감을 쓰기 위해서'(26.5%)와 '스스로 읽고 싶어서'(26.0%)라고 응답했다.[1]

2018년 책의 해 독자 개발 연구 보고서 「읽는 사람, 읽지 않는 사람」의 결과도 비슷했다. '지식과 정보를 얻기 위해서' 책을 읽는다고 답한 비율(25.3%)이 가장 높았다. 책이 우리에게 어떤 역할을 하며 무슨 의미가 있는지에 대한 생각은 예나 지금이나 다름없다.

여러 가지 통계자료를 뒤적이면서도 오랫동안 고민해온 문제 해결의 실마리는 쉽게 풀리지 않았다. 우리는 여전히 편견에 사로잡혀 독서에 대한 고전적 태도를 유지하고 있는 건 아닐까.

깊이 있고 폭넓은 내용을 담을 수 있는 매체는 분명 책이다. 조금 더디고 답답하지만, 그래도 책은 여전히 해당 분야의 지식과 정보를 전하는 수단이다. 이에 반기를 드는 독자는 많지 않으리라. 그러나 책을 읽지 않는 사람은 이해할 수 없을지도 모른다. 책을 읽는 이유가 새로운 지식과 정보를 얻기 위해서라니! '마음의 위로와 평안 혹은 즐거움' 때문이라는 두 번째 응답에 더 공감이 간다.

결국, 책은 '자기계발'과 '공부'라는 현실적인 이유 때문에 읽는 게 아닐까. '스스로 읽고 싶어서'라는 책에 대한 욕망은 비정상에 가깝다. 매리언 울프는 "인간의 뇌는 독서를 원하지 않는다"[2]라고 단언한다. 독서는 선천적으로 타고나는 능력이라고 할 수 없다. 인류가 독서를 발명해낸 것은 불과 수천 년 전이다. 독서는 인류 역사상 최고의 발명품이며 역사의 기록과 인류의 문명은 그 발명의 결과라고 할 수 있다. 그러니 독서 자체가 자연스럽고 당연한 인간의 욕망이라는 주장은 어불성설이다.

　　이제 책을 읽으면 훌륭한 사람이 된다고 믿는 사람은 많지 않다. 흔히들 책을 읽는 동안 잠자고 있던 생각이 되살아난다고 말한다. 책은 잠자는 숲속의 공주요, 독자는 백마 탄 왕자님이다.[3] 그러나 샤를 단치는 "독서는 다른 사람들로부터 고립되는 심각한 행위다. 심지어 나는 책을 읽는 이유가 자신을 고립시키기 위해서라고 생각한다. 책을 읽는 이들, 정말로 책 읽기를 좋아하는 이들이 언제나 혐오의 대상이 된다는 것은 내겐 늘 충격적이었다"[4]라고 고백한다. 어린 시절 책벌레로 자란 사람들은 사회성이 부족하거나 외골수일 가능성이 크다. 그렇지 않으면 대개 '헬리콥터 맘'의 관리 때문이거나 진학과 성적을 위해 강제로 독서한 경우가 아닐까. 조선 시대 세자들의 공부가 그러했고, 가진 게 많고 지킬 게 많은 요즘 부모들의 자녀 교육이 대체로 그러하다.

　　그리하여, "책 든 손, 예쁜 손"이라는 유치원 선생님의 맑은 목소리는 애잔한 유년 시절의 흑백사진으로 남겨질 수밖에 없다. 지금의 독서는 성공과 자기계발을 위한 도구이며 현실에서 받은 상처를 치유하고 공감과 위로를 건네는 역할 정도면 충분하다. 이것은 냉소가 아니라 지극히 현실적인 독자의 태도다.

　　4차 산업혁명의 높은 파고가 해일처럼 덮쳐 오는데 우리는 어떻게 대비하고 있는가. 또 어떤 생존 전략을 준비해야 할까. 학교, 직장, 가정에서 책은 여전히 장밋빛 미래를 선사할 마법의 도구일까. 고리타분하고 쉰내 나는 구시대적 유물에 불과한가. 도대체 어떤 책을 어떻게 읽어야 한단 말인가. 아니, 읽지 않으면 안 될까.

_____ 책은 미래에도 살아남을 수 있을까

눈부신 과학기술의 발달은 전통적인 '종이책'과 '전자책E-book' 논쟁과 별개의 문제다. 출판업계의 화두일지는 모르겠으나, 독자에게 매체는 익숙함과 편리함 등 개인적 취향이나 실용적 목적에 따른 선택지일 뿐이다. 책의 형태와 유통 과정이 달라질 거라는 전망은 독자들의 관심사가 아니다. 하지만 책이라는 도구 자체가 계속해서 유효할지, 그 역할과 의미가 사라지지 않을지에 대한 우려는 공통된다.

책은 미래에도 우리 삶에 중요한 역할을 할 것이다. 전통적인 교육 과정을 이수하고 어떤 일에 자격을 부여하는 각종 시험과 자격증 제도는 쉽게 사라지지 않을 것이다. 독서, 즉 학습을 위한 지식 습득 과정은 여전히 현실적인 목적의 맨 앞자리를 차지하고 있다. 또한 지속 가능한 생존을 위한 독서는 계속될 것이다. 일명 자기계발이다. 넓은 의미에서는 모든 독서가 자기계발이다. 하지만 좁은 의미에서 자기계발은 세속적 욕망을 실현하기 위한 도구를 의미한다. 부동산과 재테크에서 연애 기술에 이르기까지 전방위적이다. 열심히 공부하고 치열하게 살아도 모든 사람이 원하는 걸 손에 쥐는 건 아니다. 지치고 상처 입은 사람들은 자기 합리화를 통해 상처를 치유하기도 한다. 이때 필요한 건 위로와 공감을 건네는 에세이다. 이들은 함께 아파하고 울어줄 누군가가 필요하다. 물론 그 누군가는 가족과 친구, 연인에게 보이고 싶지 않은 지질함까지 보듬어주는 작가다.

사람들은 나름의 목적을 갖고 각자의 방식대로 책을 읽는다. 그 이유가 무엇이든 책은 여전히 많은 사람에게 없어서는 안 될 중요한 삶의 도구라는 사실에는 변함이 없다. 독서는 생존 도구이며, 생계의 방편이며, 상처에 바르는 빨간약이다.

책을 위한
미래는 없다?

_____ 인류 문명은 기록의 역사

인간의 문화와 전통은 수렵·채집 시기부터 형성되었다. 약 12,000년 전에 시작된 농경이나 문자와 돈이 발명되기 훨씬 이전의 일이다. 세계 곳곳에서 문자가 출현한 시기를 살펴보면 인간 문화의 진화가 여러 지역에서 동시에 자발적으로 이루어졌음을 알 수 있다. 문자는 기원전 3500년에서 3200년 사이에 수메르(메소포타미아 남쪽 지방)와 이집트에서 처음 발명되었다. 그러나 그 후에 페니키아인들도 독자적으로 문자 체계를 만들어냈고 나중에는 그리스인과 로마인도 문자를 사용했다. 기원전 6000년경에 오늘

날 멕시코 영토에 해당하는 메조아메리카 지역의 마야문명 역시 독자적으로 문자를 발명했다.[5]

인류 문명은 몇 번의 혁명적 변화를 통해 비약적으로 발전했다. 기원전 9500년 수메르인들이 농업을 시작했고 경작 방식이 인도, 이집트, 중국 등지로 퍼졌다. 농업 생산의 결과로 인한 정착 생활이 첫 번째 혁명이었다면, 지식의 축적이 가능해진 문자의 발명이 두 번째 혁명이었다.

인류 문명은 기록의 역사라고 해도 과언이 아니다. 사냥과 수렵, 채집은 초기 인류의 생존 수단이었다. 인류는 생존에 더욱 효과적인 방법을 고안하고 다음 세대에게 비법을 전수하기 위해 노력했다. 다양한 도구를 사용하고 기록을 남기는 과정에서 우리는 눈부신 물질문명을 이룩했다. 생존과 번영을 위해 멈추지 않은 기록이 책이 되었고 그렇게 지식과 정보를 계속해서 축적했다. 흐릿한 기억보다 확실하고 분명한 기록이 인류의 삶을 획기적으로 개선했기 때문이다. 말하자면 기록은 생존을 위한 수단이었고, 내일을 준비하는 전략이었다.

그리고 인터넷이 등장하면서 인간의 삶에 놀라울 만한 변화를 가져왔다. 네트워크 시대의 인간은 새로운 방식으로 소통하며 관계를 맺고 지식과 정보에 접근한다. 우리는 그 과정을 온몸으로 경험하며 이 시대를 기록하는 인류다.

읽기의 미래

_____ 인쇄술, 문명 발달의 변곡점

아주 먼 옛날, 지식에 대한 독점적 지배권은 극소수에 게만 허락되었다. 글을 배우고 책을 읽을 수 있는 특권은 소수 귀족 과 성직자, 양반과 관료 계층에게 한정되었다. 태어나면서 사회적 신분과 계급이 결정되던 시대에는 지적 호기심과 책에 대한 욕망 자체가 아무에게나 허용되지 않았다.

무지한 사람들에게 하느님의 말씀과 부처님의 가르침을 전하는 일 역시 성직자들에 의해서만 가능했다. 성경과 불경은 아무나 읽 고 해석할 수 없었기 때문이다. 어려운 문자를 배우고 익히는 과정 이 필요했으며 그 뜻을 이해하고 해석할 수 있는 능력을 갖추는 데 는 시간과 비용이 필요했다.

책이 귀하던 시절에는 필사를 하고 목판본을 찍어냈다. 그러다 금속활자의 발명으로 책을 대량생산 할 수 있는 세상이 되었다. 누 구나 쉽게 지식에 접근할 수 있는 길이 열린 것이다. 무지의 암흑에 서 앎의 세계로 나가고 싶은 사람은 누구나 책 앞에서 "열려라 참 깨!"를 외쳤다. 그러면 새로운 세계의 문이 열렸다. 신분과 계급을 가리지 않고 책은 모든 인간을 평등하게 대했다. 비로소 지식의 대 중화 시대가 도래했다. 모르는 게 약이 아니라 아는 게 힘이 되는 세상은 인류의 역사를 차츰 변화의 소용돌이로 몰아갔다.

목판이나 금속활자 모두 동양에서 훨씬 앞선 기술을 보유했으나 그 결과는 전혀 다른 방향으로 나아갔다. 백성들이 쉽게 익혀 사용할 수 있는 한글을 발명한 세종도 당시에는 인쇄와 출판을 장려하고 지식을 대중화하겠다는 생각은 하지 않았다. 그것은 여전히 국가가 주도하는 고급 기술이었고, 왕과 양반 위주의 시혜적 통치 도구였다. 반면 구텐베르크의 인쇄술은 상업적 목적에 의해 발명되었고 매우 실용적으로 활용되었다. 이때부터 다양한 책을 단기간에 찍어냈고 수많은 사람이 손쉽게 책을 구할 수 있는 토대가 마련되었다.

책의 탄생은 계급을 붕괴시키며 근대의 문을 활짝 열었다. 지식은 이성을 발달시키고 합리적 사고 훈련에 기여했다. 자연스레 과학기술의 발달로 이어지며 집단 중심, 전체주의적 사고에서 벗어나 개인의 중요성을 일깨웠다. '자아'의 발견은 자유와 평등의 가치 발견으로 이어졌다. 정치제도와 경제체제의 변화를 이끌었으며 사회구조의 변동을 견인했다. 베이징의 나비 한 마리가 일으킨 미풍이 미국에 허리케인을 만들 듯, 인쇄술의 발달은 문자의 발명에 이어 지식의 대중화를 통해 인류사의 변곡점을 만들었다.

책은 단순히 교양을 축적하고 상급 학교에 진학하는 수단이 아니라 한 사람이 세상을 살아가는 태도와 방법에 결정적 영향을 미친다. 삶의 목표와 가치, 인간과 세상을 바라보는 관점에 변화를 일으킨다. 독서의 역사는 인류의 역사와 그 궤를 같이한다. 책은 여전히 결정적 순간마다 사회 변화를 이끌며 세상의 틀을 바꾸고 개인의 삶을 지배한다.

_____ 지식의 대중화, 정보의 현재화

15세기 독일의 구텐베르크는 납과 주석으로 활자를 만들어 인쇄술을 획기적으로 발전시켰다. 인류 문명사에 중요한 변곡점이 된 사건이다. 성직자의 전언이 아니라 성경을 직접 읽은 민중은 무지와 불안이라는 어두운 터널을 빠져나오기 시작했다. 각자 읽고 스스로 생각하는 근대인이 시대의 주인공으로 등장한 것이다. 지식과 정보를 독점하던, 즉 극소수 권력층, 종교인 등 기득권 세력이 거머쥐고 있던 '앎의 권위'가 무너지기 시작했다. 산업혁명과 신흥 자본가의 출현은 구체제를 무너뜨리며 새로운 시대를 예고했다. 각성한 개인은 계급 사회의 허물을 벗고 자유와 평등의 가치를 내세우며 민주주의 체제를 확립했다.

인류의 역사는 오랫동안 지知와 무지無知의 대결이었다. 무지는 공포와 불안을 잉태한다. 앎은 우리를 희망으로 빛나게 하며 안전하고 편안한 삶으로 안내한다. 그것은 지식과 정보의 축적으로 가능한 일이다. 인쇄술의 발달로 인한 지식의 대중화, 즉 책의 생산과 유통은 인류를 새로운 시대로 이끈 거대한 예인선이었다.

500여 년이 지나, 20세기 후반에 다시 한번 지식과 정보의 빅뱅 현상이 벌어진다. 디지털 기술이 촉발한 3차 산업혁명 시대는 '책'의 역할과 기능을 바꿔놓았다. 이전에 누렸던 찬란한 영광의 빛이 사그라지기 시작한 것이다. 사람들은 도서관에 가는 대신 인터넷으로 지식백과를 검색하고, 각종 사전과 관련 정보를 찾아본다.

우리는 가족과 함께 떠날 주말 여행지, 연인들의 데이트 코스는 물론 맛집과 숙박업소 등 소소한 정보를 실시간으로 나누는 시대에 살고 있다. 실시간으로 SNS에서 주고받는 지식과 정보의 양은 상상할 수 없을 정도다. 어디에선가 갓 볶은 신선한 커피 향을 전하고, 시원하고 깔끔한 육수가 일품인 냉면집을 소개하며, 유행하는 디자인의 옷을 자랑한다. 정치인과 연예인뿐 아니라 일반인에 대한 정보도 차고 넘친다. 알고 싶지 않고 보고 싶지 않아도 쏟아지는 과잉 정보가 스트레스를 유발할 정도로 부담스러울 때도 많다. 눈을 감고 귀를 닫지 않으면 매일매일 쏟아지는 새로운 이야기와 눈길을 끄는 상품으로 정신을 차릴 수가 없다.

그래서 요즘에는 정보도 딱 한입 크기를 선호한다. 장문 형식의 저널리즘은 이미 카드 뉴스와 트위터 피드에 자리를 내주고 있다. 전에는 정치가의 연설 전문이 보도되었으나 이제는 저녁 뉴스에

10초라도 보도된다면 운이 좋은 편이다. 분석 기사를 소화하고 전후 맥락을 파악하며 해외 뉴스까지 챙길 만큼 관심도 여유도 없다. 한 시간만 스마트폰을 들여다보지 않아도 실시간 검색어와 뉴스 속보를 놓친다. 남들이 다 아는 사건을 혼자만 몰라서 대화에 참여하지 못하면 '아싸'가 되기 쉽다. 요즘 인기 있는 '인싸템', 아이돌의 공연 정보, 셀럽들의 인스타그램, 부동산과 주식 정보, 자기계발을 위한 각종 모임을 어찌 포기할 수 있겠는가.

틈틈이 스마트폰에 매달려도 시간이 부족하다. 현실은 초 단위로 흐르고 하루는 인생만큼 길다. 내일을 준비하고 미래를 전망하는 일은 아무래도 불가능하게 느껴진다. 이런 시대에 책을 읽을 시간이 있을 리 없다. 아니, 책을 읽을 이유는 더더욱 찾기 어렵다. 고전 속에 인생의 비밀이 숨어 있다거나, 하루에 책 한 권씩 읽으라거나, 책 속에 길이 있다는 말에 하품이 나온다. 아니 어쩌면 그런 말들이 독서에 대한 오해와 편견을 증폭시키는 게 아닐까 싶다.

_____ 인터넷, 책의 운명을 바꾸다

표면적으로 각 분야의 전문가는 여전히 제자리를 지키고 있다. 교수와 전문 직업군이 가진 영향력은 여전하다. 하지만 그들의 절대적 권위는 약해진 지 오래며 인공지능이 등장하고 4차 산업혁명이 시작되면서 과거와 같은 지위를 다시 회복하긴 어려워 졌다. 수동적 수용자에 불과했던 독자가 오히려 지식 생산과 소비 과정에 적극적으로 뛰어들고 있기 때문이다. 인터넷은 실시간으로 인류를 연결한다. 그뿐만 아니라 디지털로 저장된 지식과 정보에 언제든 접속할 수 있다. 집단지성의 힘은 위키백과나 다양한 커뮤 니티의 'Q&A' 코너에 머물지 않고 통합적이고 다양한 지식의 네 트워크를 구성해가고 있다.

이제는 텍스트가 중심인 전통적인 글이 아니라 각종 SNS의 멀 티미디어 콘텐츠가 책의 역할과 기능을 대체한다. 책이라는 유일한 도구가 지식의 '생산 – 유통 – 소비'의 주체로 우뚝 섰던 시대는 얼 마나 행복했던가. 이제 인터넷은 모든 지식과 정보를 '흡수 – 통 합 – 분리 – 가공'하며 확대, 재생산 과정을 거치고 있다. 인터넷 시 대의 지식과 정보는 책과 어떻게 다를까.

첫째, 지식과 정보가 잘게 쪼개진다. 책과 달리 인터넷으로 유통 되는 지식은 간단하고 편리한 대신 체계가 없고 깊이가 부족하다. 조각난 지식을 유기적으로 연결하고 재구성하는 연습과 노력이 필 요하다. 지식 생태계의 생산자와 소비자가 구별되지 않는 상황이 벌어지기도 한다. 전문 분야의 새로운 정보는 각자의 관점과 상황 에 따라 유연하게 활용된다. 이 과정에서 파편화된 지식을 하나로 통합할 수도 있고 전혀 다른 정보와 결합하여 시너지 효과를 얻을 수도 있다.

둘째, 누구나 전문 지식을 공유할 수 있다. 최신 논문에서 신간 정보까지 고급 지식과 단순 정보가 뒤섞인 인터넷은 지식과 정보의 민주화에 기여했다. 컴퓨터 활용 능력에 따라 개인차가 있지만 접근하기 쉽고 진입 장벽이 높지 않아 전문 지식과 정보를 얻는 데도 어려움이 없다. 디지털 세계는 종이책의 전자화 작업뿐 아니라 온라인에서 생산, 유통되는 지식과 정보의 양이 폭발적으로 증가하는 추세다. 과거에 종이책이 누렸던 영광은 사라지고 저자의 권위도 약해졌다. 테드TED 강의, 유튜브 영상 등을 통해서도 다양한 지식과 정보를 얻을 수 있는 시대다.

셋째, 지식과 정보의 유통 속도가 빠르다. 저자가 글을 쓰고 출판사를 통해 독자에게 전해지는 과정은 짧게는 몇 개월에서 길게는 몇 년간의 수고로움을 거친다. 하나의 박제된 지식은 논쟁과 토론을 촉발하고 또 다른 지식 생산의 촉매가 되기도 한다. 그러나 이제 전문가의 연구 결과, 새로운 발견, 기발한 아이디어의 전파, 확산 속도 자체가 무의미해졌다. 누군가 새로운 지식이나 정보, 소설이나 에세이 등을 써서 인터넷에 올리면, 사람들은 시간에 구애받지 않고 바로 읽을 수 있다. 댓글 기능을 이용해 글을 읽은 소감이나 의견 반박 등을 남길 수도 있고, 공유 기능을 이용해 다른 사람에게 글을 추천할 수도 있다. 인터넷이라는 무형의 공간에 올라온 누군가의 글은 빠른 속도로, 어디로든 퍼져나간다.

넷째, 텍스트 수용 방식이 다양해진다. 종이책뿐 아니라 전자책을 이용하는 독자가 점차 늘고 디지털 텍스트로 생산, 유통되는 경우도 많다. 전통적인 잡지가 점차 힘을 잃고 폐간되는 건 세계적인 추세다. 웹진의 등장과 디지털 문서 양식은 지식 기반 사회의 도구 자체에 변화를 가져오고 있다. 매체와 분량이 다양해지면서 독자들의 수용 방식과 태도도 변해간다. 서점과 도서관을 찾는 방식에서 벗어나 실시간으로 확인할 수 있는 지식과 정보에 접근하는 일에 익숙하다. 책은 나름의 기능과 역할을 유지할 테지만 우리는 지금 아날로그에서 디지털 시대로 경계를 넘어가는 중이다.

다섯째, 디지털 콘텐츠의 양이 폭발적으로 증가한다. 전자책은 물론 오디오북의 출간이 새로운 트렌드로 자리 잡아간다. 일시적인 현상일 수도 있고 지속적인 변화의 흐름일 수도 있으나, 유튜브처럼 세대를 막론한 시청각 매체로 지식과 정보를 얻는 보편적 추세를 인정하지 않을 수 없다. 활자화된 문자 언어의 진입 장벽은 꽤 높다. 의미를 파악하고 추상적 개념을 이해하는 일보다 눈에 보이고 귀에 들리는 매체를 이용하는 방법이 쉽고 빠르다. 책이 주는 깊이와 넓이를 생각하면 디지털 미디어와 비교할 수 없다는 항변이 통하지 않는 시대다. 인터넷은 다양한 시청각 자료와 정보를 가공하며 책보다 더 많은 일을 한다.

우리가 사는 시대는 거대한 변화의 흐름에서 볼 때 역동적인 소용돌이의 한가운데에 서 있는 게 아닐까. 책은 미래에 어떤 변화를 겪을까. 미래는 과거와 현재를 통해 전망할 수밖에 없다.

_____ 책을 위한 미래는 없다

고등학교 졸업과 동시에 책과 멀어지게 하는 교육 과정, 성적과 진학에 관한 부모의 양육 태도, 자본주의 사회의 치열한 경쟁 구조…. 이러한 문제를 개인의 탓으로 돌리기엔 우리가 사는 세상이 너무 각박하다. 다양한 분야의 흥미로운 이야기가 가득하던 학교 앞 서점도 상급 학교 진학을 위한 시험과 각종 자격증 취득을 위한 참고서와 문제집이 차지한 지 오래다. 책을 읽어야 하는 분명한 이유를 들어본 적도 없고 말해주는 사람도 없다. 오늘을 사는 우리가 미래를 준비하기 위해 책을 읽어야만 할까. 책이 아닌 다른 방법은 없는 걸까.

요즘은 검색도 포털 사이트가 아니라 유튜브로 이루어지는 시대다. 사람들은 책은 물론 텍스트 자체를 부담스러워한다. 오디오와 동영상이면 충분하다. 텍스트는 이해를 돕는 짤막한 자막 정도가 적당하다. 직관적으로 이해하고 몸으로 체험할 수 있는 지식과 정보가 필요하다. 오래 생각하고 공들여 이해한 후 스스로 시행착오를 겪은 후에야 얻을 수 있는 지식을 원하는 사람은 드물다. 무엇이든 단기간에 정확하고 효율적인 방법을 익히고 싶어 한다. 이제는 자기만의 레시피를 만들기 위해 수없는 실패를 경험하지 않아도 된다. 인터넷에는 '백주부'의 레시피와 이미 검증된 요리법이 수백 가지다. 입맛대로 선택만 하면 그만이다.

이제 인공지능 시대란다. 인터넷도 제대로 검색하기 힘든 사람들에게는 또 다른 공포다. 하지만 밀레니얼 세대는 다르다. 온몸이 디지털 기계에 최적화됐다. 엄지손가락이 움직이는 속도와 안구 회전 속도가 남다르다. 그들에게 아날로그 시대에 유년기를 보낸 기성세대는 돌도끼를 들고 뛰어다니던 원시인처럼 보인다. 그들은 디지털 화면에 익숙하고 감각적으로 터치하며 SNS로 친구를 만든다. 생각과 행동이 전혀 다른 새로운 인류가 출현한 것이다. 타인과의 관계, 세상을 이해하는 방식도 이전 세대와 차이가 난다.

2015년 3월, 영국의 대표적인 대중매체 〈이코노미스트〉는 '포노Phono 사피엔스'의 시대가 도래했다는 내용의 표지 기사 '스마트폰의 행성Planet of the phones'을 게재했다. 기사는 '스마트폰 없이 살 수 없는 새로운 인류 문명의 시대'가 왔음을 알린다.[6] 원하든 원하지 않든 우리는 이제 포노 사피엔스로 명명될 예정이다. '노모포비

아Nomophobia'[7]보다는 포노 사피엔스가 그래도 좀 있어 보이지 않는가.

인간의 적응력은 놀랍기만 하다. 어느 시골 마을, 부엌 아궁이에 불을 지피고 너울거리는 불꽃이 내뿜는 매혹적인 아름다움에 홀렸던 소녀는, 이제 알프스 소녀 하이디의 나라 스위스의 설경을 찍어 손주들에게 전송하며 안부를 전한다. 한 인간의 삶이 100년도 안 된다며 인생무상을 노래하던 선조들은 21세기 눈부신 과학기술과 그 발전 속도를 예견하지 못했다. '10년이면 강산도 변한다'는 속담 또한 진부하다. 이제 달이 바뀌고 해가 바뀔 때마다 인간의 삶은 전혀 다른 방향으로 나아간다. 인생의 목표와 가치도 사람마다 세대마다 제각각이다. 변하지 않는 진리를 쫓던 시대, 인간의 숭고한 가치와 삶의 의미를 묻던 시대는 지나갔다. 이제, 우리가 사는 시대를 돌아보고 책의 역할과 의미에 대해 재점검할 때가 아닐까.

독서의
변신

_____ 읽기 근육을 키워야 하는 세상

책은 점차 힘을 잃어도 미래 사회에서 독서를 통해 창
조력, 사고력을 기르는 일은 더욱 중요해질 것이다. 미래 사회는 인
간과 인공지능의 대결이 아니라 새로운 질서와 상상력으로 세상을
재구성해야 할 것이다. 코로나19 감염병 사태 이후 비대면의 일상화,
과학기술의 발달로 인한 일자리 감소, 급속한 초고령 사회로의 진입,
고용 없는 저성장 등 우리가 직면한 현실에서 읽기 능력은 점점 더
중요해진다. 타인의 표정과 억양으로 공격 성향을 파악하고 생존을
위해 본능적 감각에 충실했던 인류가 타인과 사회를 대면하지 않고

도 소통할 수 있는, 읽기 근육을 키워야 하는 세상을 맞이했다.

재택근무, 원격 교육, 화상 진료, 온라인 미술관, 무관중 경기는 이제 익숙한 현실이 되었고, 정교한 로봇과 인공지능이 결합한 사물인터넷은 우리의 미래를 더 놀랍게 바꿔놓을지도 모른다. 책의 형태도 점점 다양해지겠지만, 텍스트로 수용할 수밖에 없는 지식의 양은 큰 차이가 없을 것이다. 하지만 디지털 미디어를 통해 받아들여야 하는 정보량은 상상하기 어려울 정도로 증가하는 추세다. 텍스트뿐만 아니라 미디어를 포함한, 넓은 의미에서 '읽기 능력'은 미래 사회에서 그 중요성이 점점 커지지 않을까.

21세기를 사는 인류의 돌도끼는 '창조적 사고력'이다. 매체의 발달은 인류의 사고 체계와 구조를 완전히 바꿔놓았다. 특히 인터넷 환경에서 자란 세대는 아날로그 시대의 지식과 정보 습득 방식에 의문을 제기한다. 책이 설 자리가 점점 좁아지는 현실의 변화는 자연스러워 보인다. 하지만 인터넷을 통한 지식과 정보의 습득 과정이 책을 통한 과정과 전혀 다를까. 그것을 수용, 분석, 활용하는 방법은 이전의 아날로그 방식인 텍스트 읽기와 어떻게 다를까. 지식과 정보의 발신자와 수신자는 여전히 사람이다. 다만 메신저인 매체의 형태는 시대마다 조금씩 변했고 앞으로도 달라질 수밖에 없다. 그렇다면 매체의 전달 방식과 수용 과정의 차이가 독서의 중요성과 읽기의 본질을 흐리고 있는 건 아닐까.

_____ 책, 패셔니스트를 꿈꾸다

책은 회계장부로 쓰인 점토판粘土板에서 파피루스
Papyrus, 죽간竹簡을 거쳐 현재 우리 손에 쥐고 있는 종이책에 이르기
까지 다양한 형태를 거쳤다. 재료의 변화는 물론이고 필사에서 금
속활자에 이르는 과정은 인류의 역사와 문화를 고스란히 반영한다.
이제 물성을 지닌 대상으로서 책이 사라지는 단계에 접어들었다.
손에 잡히지 않고 공간을 점유하지 않는 전자책이 대표적인 다음
주자다. 아날로그에서 디지털로 책의 형태만 바뀐 것이 아니다. 여
전히 책이라 불리는 그것은 텍스트의 형태를 넘어서 오디오북으로
도 진화했다. 듣는 책이 가능하다면 보는 책Video-book은 불가능할까.
읽어주고 보여주는 책을 우리는 책으로 받아들일 수 있을까. 그렇
다면 우리가 알고 있는 책과 독서는 앞으로 어떤 형태로 진화할까.
미래는 알 수 없으나 우리가 예측할 수 있는 흐름은 전통적인 책
의 형태가 계속 변하고 있다는 점이다. 과학기술의 발달뿐만 아니
라 대중의 필요와 욕망의 변화가 이를 견인할 터. 앞으로 펼쳐질 미
래의 모습만큼 책이 갈아입을 다양한 형태의 패션스타일이 궁금해
지는 대목이다. 기본적으로 책의 도구는 '언어'다. 오디오북 등 디
지털화된 책이 문자를 배우고 익혀야 읽을 수 있는 것은 아니지만,
독자가 읽고 생각하는 과정은 종이책과 같다. 문자를 배우고 익혀

책을 읽는 방식과 다르더라도 독자가 읽고 생각하는 과정이 생략될 수는 없다.

한 치 앞도 내다볼 수 없는 한 사람의 인생과 달리 거대한 사회 구조의 변화는 그 방향을 어느 정도 예측할 수 있다. 대중의 욕망, 정치와 경제의 흐름이 전복되는 일은 매우 드물기 때문이다. 새 천년을 시작하며 전 세계가 흥분하던 순간을 기억조차 못하는 세대가 세상의 주인공이 되었다. 이제 거의 모든 사람이 인터넷이 연결된 스마트폰으로 무장했다. 어느 시대보다 지식과 정보의 양이 늘고 그것을 얻는 시간은 단축됐다. 대중의 지혜가 또 다른 문화를 창조하고 트렌드를 선도하는 가상공간이 펼쳐졌다. 책은 점점 구시대의 유물로 취급받으며 과거에 누렸던 영광의 뒤안길로 사라지는 중이다. 절대적 존재로서 빛을 발하던 시대를 빛바랜 흑백사진으로 기억할지도 모른다. 이 또한 시대의 변화에 따른 결과가 아닌가.

미래에 더 새롭고 기발한 형태의 책이 등장하고 지금과 전혀 다른 방식으로 독서가 이루어진다고 해도 놀랄 일은 아니다. 우리가 주목해야 하는 것은 '그럼에도 불구하고' 여전히 책이 가치 있는 도구라는 사실이며, 읽고 쓰는 행위가 우리에게 주는 효용이 무엇인지에 대한 고민이다.

_____ 우리 모두가 지식 생산자다

　　책의 형태가 어떠하든 지식과 정보의 생산자는 존재
한다. 그들은 대부분 지식인 계층이거나 소수 연구자 그룹에 속한
다. 한 분야의 전문가 또는 공인된 교육 과정을 거쳐 전통적인 학위
를 받은 사람일 확률이 높다. 초등학생 사이에서 인기 장래희망으
로 떠오른 유튜버도 정보 생산자임은 분명하지만, 전문 지식과 정
보를 생산하고 통합하는 단계로까지 나아가긴 어렵다. 그래도 이제
대중들이 지식의 '생산 – 유통 – 소비'에 뛰어드는 시대가 열렸다.
많은 사람이 1인 미디어를 통해 언론, 방송, 연예 등 다양한 분야에
진출하고 있다.

　지식, 정보, 기술에 쉽게 접근할 수 있는 시대를 사는 사람에게
독서란 무엇일까. 예전에는 고급 지식과 깊이 있는 정보를 책으로
만 접할 수 있었지만, 이제는 디지털로 유통, 가공되며 확대, 재생
산되고 있다. 집단지성이 발휘되고 각자의 아이디어가 덧붙여지면
기존 지식과 정보는 전혀 다른 형태로 거듭난다. 이러한 정보는 '팩
트 체크fact check'와 합리적 이유, 논리적 근거도 필요하겠지만, 앞으
로는 창조적 아이디어, 새로운 상상력을 발휘하는 사람이 지식 권
력을 누리던 소수보다 훨씬 더 중요하게 자리 잡을 거라는 점은 충
분히 짐작할 수 있다.

제도권 교육의 권위가 떨어지고 학연과 지연으로 끈끈하게 연결돼 작동하던 암묵적 카르텔이 한순간에 무너지지는 않을지도 모른다. 하지만 구시대의 전통적 정보 처리 능력과 학벌이 계속해서 미래 사회를 주도할 거라고 예상하는 사람은 많지 않다. 변하지 않으면 공멸한다는 위기감은 세계 곳곳의 산업, 경제, 문화 전반에 걸쳐 현실로 나타나고 있다. 어떤 주제에 대한 직접적인 지식보다 지식과 정보의 위치를 파악하는 능력, 그것을 편집하고 가공해서 자기만의 새로운 지식과 정보로 창출하는 사람이 주목받고 성공하는 세상이다. 전문가, 지식인, 박사, 교수 등 선망하는 직업군의 운명은 4차 산업혁명의 물결과 함께 새로운 국면을 맞이할 것이다. 옥스퍼드 대학의 칼 프레이, 마이클 오스본 교수가 공동 집필한 보고서 「고용의 미래」(2013)는 전통적인 학교 교육, 공부, 성적, 독서 등에 관한 기존의 패러다임에 충격을 가했다. 2035년 영국의 일자리 중 35퍼센트가, 미국의 일자리 중 47퍼센트가 사라진다는 전망은 불안과 공포가 아니다. 전통적인 일자리가 사라진다는 말은 그만큼 새로운 직업이 탄생할 거라는 예고가 아닌가. 뒤집어 생각하면 새로운 세상에 대비하라는 희망의 메시지일 수도 있다.

_____ 쓰는 독자의 탄생

책을 중심으로 한 지식의 생태계가 달라지고 있다. 소수 지식인, 전문가, 작가의 시대가 저물었다. 독자가 곧 작가다. 책 출판 여부가 전문가와 비전문가를 가르고 작가와 독자를 구별하는 시대는 끝났다. 매체와 미디어의 활용 여부에 따라 형태는 다르지만 다양한 방식으로 누구나 작가가 될 수 있다. 최근 몇 년 동안 출판계는 인스타그램의 셀럽과 인기 유튜버가 매출의 주역으로 급부상했다. 그들의 콘텐츠에 열광하는 사람들, 새로운 콘텐츠를 생산하는 사람들에게 주목하지 않으면 누가 서점의 매대로 독자들을 이끌 수 있을까.

쓰는 독자는 전통적으로 '글을 쓴다'라는 의미를 넘어 새로운 콘텐츠를 창조하는 독자를 말한다. 이들은 잠재적 작가이며 콘텐츠 생산자이다. 단순한 소비자의 역할에 머물지 않고 언제든 적극적 생산자로 태도를 전환할 준비가 된 사람들이다. 쓰는 사람과 읽는 사람의 경계가 희미해지고 읽고 쓰는 사람으로 거듭날 수 있는 사람이 늘고 있다. 누구나 읽고 쓰는 세상, 진정한 지식과 정보의 민주화 시대를 살고 있다. 산업화 시대를 거치며 기계의 부품처럼, 조직의 구성원으로 살던 어르신들이 보기에 손자뻘 되는 '90년대생'은 새로운 종족의 출현으로 보일 수도 있다. 인터넷과 함께 성장한 진정한 네트워크 세대 이전 세대는 구시대의 유물이 될 운명이다. 이들 중 일부는 나름대로 현실에 적응하며 미래에 대비한다. 하지만 새로운 디지털 유목민들은 오지 않은 미래를 앞당기며 앞서나간다.

앞으로 지식 경쟁, 정보 전쟁, 콘텐츠 싸움은 상상력과 창조적 혁신이 뒷받침하고, 정보의 양이 아니라 취사선택 능력, 그 정보를 가공하고 편집하는 능력이 미래를 결정하게 된 것이다. 바로 이것이 읽는 독자를 넘어 쓰는 사람, 즉 창조적 인간으로 거듭나야 하는 이유다.

책을 읽는 사람은 수동적으로 정보를 받아들이는 태도에서 벗어나 비판적으로 수용하고 능동적으로 분석하며 새로운 길을 찾는다. 독서의 본질적 기능인 비판적 태도가 내면화되면 디지털 미디어를 통해 지식과 정보를 습득할 때도 같은 능력을 활용할 수 있다. 책보다 정세도精細度가 낮고 참여도가 높은 쿨 미디어[8]를 적극적으로 활용하는 사람일수록 아이러니하게도 독서를 통한 이해, 분석, 비판, 추론 능력이 더 중요하다는 사실을 깨닫는다. 독자의 태도 변화는 현실에서 중요한 변수로 작용한다. 쓰는 독자는 읽는 독자와 전혀 다른 방식으로 지식과 정보를 수용하고 미래를 준비한다.

특정 분야에 대한 지식이 얕을수록 많이 알고 있는 것 같다고 느끼는 경향을 '더닝 크루거Dunning-Kruger 효과'라고 한다.[9] 이 효과는 사회심리학자 데이비드 더닝과 저스틴 크루거가 처음 소개했다. 두 사람은 기만적 우월감 편향(자신이 다른 사람보다 낫다고 생각하는 성향)이 인지 능력과 흥미로운 관계를 맺고 있음을 발견했다. 인지 능력이 낮은 사람은 자신이 문제를 겪고 있음을 알아챌 가능성이 더 낮고, 그 결과 인지 능력이 높은 사람에 비해 자신이 유능하다고 생각할 가능성이 더 크다. 매우 직관적인 개념으로, 플라톤의 『대화편』에서 소크라테스가 자신은 아무것도 모른다는 사실을 알기 때문에 지혜롭다고 했던 장면과 유사하다.[10]

현대인의 불행은 주체성의 결여에서 온다. 타인의 욕망을 욕망하고 세속적 성공에 목마르다. 그것이 자기 삶에서 어떤 의미인지, 자신의 성향에 맞는지 깊이 고민하지 않는다. 한 번도 "뭣이 중헌디?"라고 자신에게 묻지 않는다. 우리가 3년간 1만 권의 책을 읽었다는 독백, 고전만이 인생을 바꿔줄 거라는 속삭임, 네 잘못이 아니라는 에세이를 원하는 이유는 자명하다. 불안한 미래에 대한 위로 때문이다. 우리는 왜 불행한가.

영원히 살 것처럼 오늘을 사는 나는 누구인가. 깊고 넓게 보는 안목을 가질 여유가 없다. 속도에 휘말려 변화를 좇기 바쁘다. 교양 있는 사람, 지적인 사람으로 살고 싶은데 시간은 없다. 얄팍하고 단편적인 지식을 모은 책을 원하는 독자가 많은 이유다. 인터넷과 네트워크로 무장한 새로운 종족이 세상을 점령하는 사이 굼뜬 아날로그의 무기로 저항하기엔 이미 늦었다는 후회가 밀려온다. 정말 우리는 괜찮은 걸까.

개별적 경쟁과 생존보다 더불어 사는 지혜를 모을 수는 없을까. 초연결 시대다. 우리의 독서 전략을 돌아보자. 각자 자신의 위치를 확인하자. 시간과 공간 사이에 좌표를 찍어보자. 모든 독서는 개별적이다. 인생의 목적과 가치, 삶의 방식에 따라 책은 사람마다 다른 의미로 다가온다. 지극히 현실적인 도구로서 책이 갖는 역할과 의미도 제각각이다. 이제 '자기계발'의 시대를 지나 '우리 계발'의 시대로 나아가야 하지 않을까. 인류의 삶을 넘어 우주와 자연에 관심을 갖는 삶의 태도가 필요하지 않을까.

읽기의 미래는 전통적인 독서에 대한 오해와 편견을 점검하고 미디어 리터러시media literacy로 확장함을 의미한다. 여기에 필요한 능력은 무엇이며, 어떤 방법이 좋을지에 대한 고민이다. 마스다 무네아키가 일본 전역에 열풍을 일으킨 '츠타야서점'은 기존 서점의 획일화된 도서 진열 구조의 틀을 깨고, 다양한 독자의 취향을 충족시켜주는 큐레이션 개념을 도입함으로써 일본 최대의 서점으로 우뚝 설 수 있었다.[11] 아날로그와 전통은 낡았다는 편견 대신 새롭게 구성하고 편집하는 능력이 창조력의 원천이라는 사실을 몸소 보여 준 사례다. 미래를 위한 독서는 낯설게 바라보고 쉼 없이 질문하며 천천히 생각하는 과정이다.

이제 우리가 지나온 시간을 돌아보고 현재의 모습을 살피며 내일을 꿈꿀 시간이다. 언제나 그렇듯 해는 저물고 시간은 많지 않다. 각자에게 주어진 시간과 남은 날이 다르다. 언젠가 그날이 올 때까지 우리는 다른 삶을 꿈꿀 권리가 있다. 꿈꾸는 자만이 책을 읽고 내일을 기다린다. 읽기의 미래는 곧 우리의 미래이며 나의 미래다.

2장

디지털 리터러시가
필요한 시대

진실은 눈에
보이지 않는다

———— 아날로그의 추억과 디지털 시대

뉘엿뉘엿 해 질 무렵, 동네에서 뛰어놀던 아이들이 하나둘 집으로 돌아간다. 흙장난하던 까만 손, 더러워진 바짓가랑이, 새까만 얼굴. 학교에 가면 축구, 야구, 농구를 하거나 고무줄놀이와 술래잡기를 한다. 친구들과 직접 부대끼며 깔깔거리고 땀 흘리던 유년 시절은 이제 '꼰대'만의 추억으로 남은 걸까. 집에서 유선전화로 약속을 잡고 서로 엇갈리면 하염없이 기다리던 시대를 기억하는 아날로그 세대와 디지털 세대는 사고방식과 관계 양상이 다르다. 이제는 '스마트폰'이다. 전화 기능이 추가된 휴대용 컴퓨터를

24시간 신체 일부처럼 활용하는 시대다.

디지털은 일상을 지배한다. 각자 집에서 인터넷에 접속해 친구와 게임을 즐기며 할리우드 배우의 근황을 살피고 스페인 친구의 인스타그램을 보다가 '좋아요'를 누른다. 퇴근길에 내일 아침에 필요한 식재료를 주문하고 수면 시간, 심박 수 등 건강 상태를 확인한다. 지나간 방송 프로그램, 상영 중인 영화를 취향대로 보거나 좋아하는 음악만 골라 서비스해주는 인공지능 스트리밍 앱을 켠다. 거미줄처럼 연결된 온라인 네트워크를 활용해서 동호회에 참석하거나 취미를 공유할 수도 있다. 너무나 익숙한 현대인의 일상이지만 스마트폰이 없던 시절에는 상상할 수 없었던 일들이다. 생활이 편리해졌고 시간을 아낄 수 있으며 무엇보다 몸이 고단하지 않은 세상이다. 닐슨코리아가 발표한 「2020 미디어 리포트: 라이프 스타일 및 기술환경 변화에 의한 미디어 소비 변화」에 따르면 주 52시간 근무제로 인한 여가 활동 중 '가족과 보내는 시간'(58.7%), '운동 시간'(35.9%), '수면 시간'(26.0%)보다 '미디어 이용 시간'(61.1%)이 높은 비율로 1위를 차지했다.[1] 시간이 많아진 사람들은 스마트폰과 컴퓨터 앞에서 더 많은 시간을 보낸다. 우리에겐 이제 사랑하는 사람들과 시간을 보내고 땀 흘려 운동하고 충분히 자는 것보다 더 즐거운 일이 생겼다. 그것은 디지털 문명이 열어준 신세계다.

아날로그와 디지털의 차이는 단순히 전자기기 사용의 문제가 아니다. 사람들의 생각과 행동이 달라졌다. 디지털 미디어는 과학기술의 결과물이 아니라 인류 사회의 변혁을 주도하는 매개체이며, 사람들의 생각과 행동에 절대적 영향을 미친다. 가령 종이책을 읽던 독자가 전자책을 읽으면 집중력, 가독성, 이해 정도 등 다양한 면에서 다르게 반응한다. 책을 읽는 과정은 물론 생각과 행동에도 영향을 준다. 같은 내용이라도 매체에 따라 다른 메시지가 전달되는 것이다.

책은 가장 오래된 형태의 문화유산이다. 과학기술의 발전으로 새로운 도구가 만들어졌고 물질문명은 눈부시게 발전했으나 종이책은 큰 변화를 겪지 않았다. 전자책, 오디오북 등 다양한 형태의 책들이 등장하고 있으나 독서의 본질은 변함없이 유지하고 있다. 아날로그 시대를 대표하는 책의 물성 자체가 중요한 게 아니다. 문자언어로 글을 쓰고 이를 해독하는 과정에서 얻게 되는 독자의 사고 훈련이 중요하다. 이는 디지털 시대에도 마찬가지다. 그러나 미래에도 책의 기능과 역할이 그대로 남아 있을지 의문이다.

읽기의 미래는 디지털 시대에 대한 전망이다. 점점 새롭고 기발한 디지털 미디어가 등장하면서 책이 누려온 권위는 과거와 달라질 수밖에 없다. 그 변화의 폭과 시기는 개별 독자의 상황과 의지에 따라 차이가 크다. 이미 책을 손에서 놓은 독자가 있는 반면 그럼에도 불구하고 대체 불가능한 책의 매력을 새롭게 발견하는 독자가 있다. 정보기호학자인 이시다 히데타카는 기계 테크놀로지로서의 문자와 인간 인지 사이의 틈에 의해 현대인의 커뮤니케이션이 성립되는데 이 틈을 '기술적 무의식the technological unconscious'이라고 정의한다.[2] 미디어는 추억을 소환하고 멀리 있는 풍경을 지각하고 다른 장소에 있는 사람과 음성으로 소통하는 '의식'을 만든다. 그 의식을 만드는 건 인간의 지각보다 기술적 무의식이라는 지적이다. 말하자면 미디어의 기술적 무의식을 기반으로 현대인의 의식이 성립된다는 의미다. 인간의 무의식과 기술적 무의식은 아날로그와 디지털의 경계를 가른다. 이제 우리는 의식적 선택과 판단 그리고 행동의 바탕이 되는 무의식조차 디지털 미디어의 지배를 받는 세상에 산다.

책은 여전히 우리의 무의식을 만들고 비판적 안목을 길러 문제를 해결하는 데 중요한 역할을 한다. 오랫동안 간직한 지식과 정보뿐 아니라 독자의 무의식 속에 형성된 감각과 지혜는 기술적 무의식과 분명히 다르다. 이를 지각하고 자기 생각과 사고 훈련의 도구로서 책을 활용하는 사람은 미래를 조금 다른 방식으로 살 준비가 돼 있는 셈이다. 기술의 발달 과정에서 책의 형태가 바뀌어도 독서는 진실을 탐구하는 태도, 유연하고 포용적인 사고, 정확하고 논리적인 판단 능력을 길러준다. 디지털 미디어 시대라고 해서 책의 역할이 줄어들 것을 걱정할 게 아니라 오히려 읽는 방식의 변화를 고민해야 하는 게 아닐까.

_____ 아날로그 미디어와 디지털 미디어 읽기

같은 말이라도 표정, 몸짓, 억양에 따라 달리 들린다.
모든 말과 글의 의미는 상황과 맥락이 결정하기 때문이다. 대면 상
황이 아니라면 같은 메시지라도 전달 방법에 따라 다른 의미를 지
닐 수도 있다. 더구나 디지털 미디어 시대인 오늘날 우리에게는 미
디어 자체가 또 하나의 메시지로 다가온다. 지식과 정보를 전달하
는 매체가 전문성, 신뢰도, 전파 가능성을 결정한다. TV, 신문, 라디
오 등 레거시 미디어legacy media의 영향력이 막강했던 시대에 마셜
매클루언은 "미디어는 메시지다"[3]라는 말로 메시지보다 메신저의
중요성을 강조했다. 매스 미디어mass media는 대중의 여론을 흔들고
상품 판매에 영향을 미치며 '프로파간다Propaganda'의 시대를 예고했
다. 선전·선동은 공동체 사회에서 절대 사라지지 않는다. '현명한
사람일수록 선전은 생산적인 목표를 달성하고 무질서를 바로잡는
데 필요한 현대적 도구라는 점을 직시한다'는 에드워드 버네이스의
지적은 정확했다.[4] '전체주의는 폭력을 휘두르고 민주주의는 선전
을 휘두른다'는 노엄 촘스키의 말이 새삼스러운 건 미디어의 영향
력이 점차 증가하는 현대사회의 단면을 지적했기 때문이다.

전통적인 미디어와 달리 최근의 디지털 미디어는 집단에서 개인
으로, 거대담론에서 미시담론으로, 공적 영역에서 사적 영역으로

이동하는 중이다. 디지털 미디어는 이제 다양한 플랫폼을 기반으로 산업, 언론, 광고, 교육, 문화 분야 전반을 지배한다. 소비 패턴부터 여가 활동까지 일상을 지배하는 온라인 미디어는 숨 쉴 틈을 주지 않고 새로운 정보를 쏟아내며 유행을 창출하고 재미를 만든다.

책, 영화, 라디오 등은 정보량이 많아 수용자의 참여도가 낮은 '핫 미디어hot media'에 해당하며, 텔레비전, 전화, 만화 등은 미디어의 정보량이 적어 수용자의 적극적인 참여가 요구되는 '쿨 미디어cool media'에 해당한다. 이와 같은 1960년대 마셜 매클루언의 분류는 여전히 유용하다. 인터넷의 등장으로 디지털 미디어는 완전히 세상을 장악한 듯하다. 유튜브, 트위터, 페이스북, 인스타그램, 블로그, 밴드, 카카오톡, 텔레그램 등을 하나하나 떠올려보자. 이들 모두 정보량은 적고 참여도가 높은 쿨 미디어가 아닌가. 쿨 미디어는 재밌고 즐겁다. 핫 미디어는 무겁고 '노잼'이다. 쿨 미디어는 젊고 핫 미디어는 낡았다. 한마디로 인터넷은 쿨 미디어의 왕좌에 오른 것이다. 이런 시대에 핫 미디어의 대표 주자인 책은 생존이 불투명해 보인다.

개인 대 개인이든, 개인 대 집단이든 디지털 미디어는 관계 양상을 완전히 바꿔놓았다. 얼굴을 마주 보며 이야기를 나누는 일, 둥그렇게 모여 앉아 말 없는 사람들의 표정을 살피는 일은 추억이 돼간다. 코로나19 감염병 사태 이후 비접촉, 비대면이 새로운 일상으로 자리 잡으면서 디지털 미디어에 대한 의존도가 더욱 높아졌다. 사람들은 포털 사이트와 유튜브 등을 통해 선택적으로 뉴스를 소비한다. 인공지능 광고는 개인의 취향을 집요하게 추적하며 적절한 물건으로 소비자를 유혹한다. 개인의 일상과 업무 활용 면에서 디지털 미디어의 영향력은 절대적이다. 하지만 이런 현실은 편리하고 익숙한 만큼 불안을 내포한 채 우리 삶의 전망을 어둡게 한다.

세계경제포럼에서 발표한 「2020년 미래고용보고서」에 의하면 2020년까지 선진국과 신흥시장 15개 국가에서 일자리 710만 개가 사라지고 새로운 일자리는 201만 개 정도만 생길 거라고 한다. 400만 개가 넘는 일자리가 사라지는 셈이다.[5] 이러한 정보를 소비하고 이에 반응하는 방식은 다양하다. 이 정보는 4차 산업혁명이 우리 사회에 어떤 영향을 미칠 것인지 대비하기 위한 자료로 활용될 수도 있다. 하지만 전공과 직업 선택에 엉뚱한 영향을 미칠 수도 있다. 어떤 미디어를 통해 어떤 방식으로 전달되는지에 따라서도 사람들은 서로 다른 반응을 보인다. 그런 면에서 볼 때 디지털 미디어의 가공할 만한 속도와 전파력은 정보의 진위를 가리고 함의를 분석하는 데 오히려 방해 요소로 작용하기도 한다.

이 보고서를 직접 읽어보거나 관련 자료를 더 찾아 읽는 노력은 관련 분야 종사자나 전문 연구자 들만의 몫일까. 우리는 인생이 좌우되는 결정적 장면에서 얼마나 신중하게 고민할까. 그것이 합리적인 최선의 결정이었을까. 의사결정의 오류에서 벗어나려면 자신이 가진 제한적 정보가 전부가 아니라는 사실을 인정해야 한다. 사람은 누구나 자기가 보고 믿는 대상을 지속적으로 일관성 있게 과장하는 경향이 있다. 주관적 사고, 즉 사고의 편견에서 벗어나려면 직관보다 이성의 힘에 기대야 한다. 증거를 확인하고 타당성을 점검하며 자기중심적 관점에서 벗어나 객관적 시선으로 살펴야 한다. 물건을 살 때, 전공과 직업을 선택할 때, 이직과 전직을 고민할 때, 다른 삶의 길을 찾을 때가 그렇다.

'진실은 눈에 보이지 않는다'는 말은 너무 당연해서 잊고 산다. 독서가 만병통치약은 아니다. 하지만 일시적으로 흐르는 정보에 기대 사는 건 주체적으로 생각할 힘이 없기 때문이다. 조금 더 깊이 세밀한 사실을 확인하고 전체를 살피며 부족한 정보를 모으고 반대 의견을 수용한 후에야 비로소 선택의 고민을 시작하는 것이 좋다. 한 번뿐인 인생, 돌이킬 수 없는 선택을 위해서 뿐만 아니라 자기 삶의 주인으로 거듭나기 위해서도 마찬가지다. 미래를 위한 읽기는 디지털 미디어의 단점을 보완하기 위한 방법이 아니다. 오히려 디지털 미디어를 더욱 정확히 이해하고 현대 자본주의와 문화산업의 중심에 선 플랫폼, 그 구조를 파악하려는 노력이다.

쿨 미디어인 디지털 미디어와 핫 미디어인 책은 상호 보완적 관계다. 양 날개의 균형을 잘 이룬 새는 바람을 가르며 안정된 자세로 하늘을 향해 더 높이 날아오른다. 아날로그 미디어인 책과 디지털 미디어가 옷을 갈아입고 서로 다른 특징과 장점을 결합할 수 있다면 내가 살아갈 미래가 조금 더 나아지지 않을까. 그 미래를 읽고 준비하는 주체는 바로 우리다.

책도 읽고,
디지털 미디어도 읽고

_____ 문해력과 독해력

한글은 과학적이고 우수한 문자다. 이는 세계 언어학
자들의 공통된 의견이다. 소리 나는 대로 읽고 쓸 수 있는 특징을
지녀 다른 언어보다 배우고 쓰기 쉽다. 단어의 형태에 따라 의미가
달라지는 인도유럽어족의 굴절어, 한자처럼 독립된 단어의 위치 변
화로 의미가 달라지는 고립어와 달리 한글은 조사와 접사가 붙어
의미를 만드는 교착어에 해당한다. 한글의 문법적 특징 때문에 한
국인의 외국어 공부는 쉽지가 않다. 같은 계통의 언어인 일본어가
그나마 쉽게 느껴지는 이유는 이런 특성 때문이다. 한글은 발음하

는 대로 읽고 쓸 수 있어 쉽게 배워 활용할 수 있다. 그래서 한국은 다른 언어를 사용하는 국가보다 문맹률이 낮다. 문해력은 문자를 읽고 쓸 수 있는 능력을 뜻한다. 넓게는 듣기, 말하기, 읽기, 쓰기 등 언어의 모든 기능을 활용할 수 있는 상태를 말한다. 우수한 한글을 사용하는 한국인의 문해력은 세계 최고 수준이다. 하지만 이해, 비판, 분석, 추론 등의 능력을 의미하는 독해력은 어떨까.

'국제학업성취도평가PISA'를 통해 한국 학생들의 독해 수준을 가늠해볼 수 있다. PISA는 2000년에 처음 도입된 이래 3년마다 이루어지는데, 15세 3개월 이상 16세 2개월 이하인 재학생(한국은 중학교 3학년과 고등학교 1학년 학생이 섞여 있음)이 대상이다. 2006년 세계 1위를 차지한 한국 학생들의 독해력은 2012년 3~5위, 2018년 6~11위로 하락 추세를 보인다.[6] 스마트폰이 본격적으로 사용된 시기와 맞물린다는 생각은 기우에 불과할까. 스마트폰 보급률, 인터넷 속도, 인터넷 사용 인구가 세계 최고라는 통계 뒤에 드리운 검은 그림자라는 생각은 쓸데없는 걱정일까.

2018년 책의 해 독자 개발 연구 보고서 「읽는 사람, 읽지 않는 사람」에 의하면 독서에 대한 흥미와 관심은 초등학교를 정점으로 점점 감소한다. 초등학교 시절과 현재를 비교하니, 20대는 51.8점에서 41.9점으로, 30대는 47.3점에서 36.8점으로, 40대는 43.1점에서 24.3점으로 줄었다. 모든 연령대에서 30대 이후에는 독서에 대한 흥미와 관심도가 급격히 하락한다. 어떤 통계나 자료를 살펴봐도 현재 상황은 우리가 체감하는 현실과 크게 다르지 않다.

독서에 대한 관심과 흥미가 떨어지는 이유는 다양하다. 개인적 요인뿐 아니라 사회적 요인도 모두 고려해야 한다. 학교 교육의 문제점을 짚어야 하며 삶의 목표와 가치에 대한 점검도 필요하다. 나이 들수록 책을 손에서 놓는 현상을 간과해선 안 된다. 시간이 지날수록 직접경험은 느는데 타인과 사회 현상에 대한 이해의 폭이 줄어드는 이유는 무엇일까. 인터넷을 통해 실시간으로 수많은 정보가 쏟아져도 생각의 호흡이 짧아지고 논리적 사고력, 냉철한 판단력이 부족한 이유는 무엇일까. 이성적 사고, 합리적인 판단보다 편 가르기에 앞장서고 감정적 선동에 동조하는 이유는 무엇일까. 모두 책을 읽지 않기 때문이라는 뜻은 아니다. 하지만 책 읽기를 통해 나이 들면서도 자신을 성찰하고 다른 의견에 귀 기울이며 살 수 있다. 인간과 자연에 대한 근본적인 질문을 던지고 어린아이 같은 순수한 호기심으로 세상을 바라볼 수 있다. 어떻게 살아야 하고 무엇을 향해 걷고 있는지 생각하며 삶의 가치와 우리 사회의 지향점을 점검할 수 있다.

문해력은 있는 그대로 글자를 해독하는 능력이다. 우리말을 배우고 익혀 생각과 감정을 글로 표현할 수 있는 능력이다. 독해력의 수준은 사람마다 조금씩 다르다. 배경지식과 경험, 다양한 분야의 독서 이력에 따라 독해 능력은 차이가 난다. 그래서 독자마다 같은 책에 대한 해석과 평가가 다르다. 지적 수준의 차이는 학벌과 학력의 차이가 아니라 바로 이러한 독해력의 차이를 의미한다.

　책 읽는 사람들끼리는 공감을 나누고, 독서 모임을 통해 긍정적인 경험을 나눈다. 반면 책을 읽지 않는 사람들은 평가, 독후감 등 부정적 경험을 떠올린다. 독해력은 긍정적 경험이 누적될수록 개인차가 커진다. 꾸준하게 읽고 생각하는 시간을 갖는 건 독해력 향상의 지름길이다. 독서 경시대회, 독서 논술대회, 독서 이력평가 등 경쟁과 스펙을 쌓기 위해 책을 읽은 사람은 목적을 달성한 순간 책에서 멀어진다. 자발적 호기심, 적극적인 참여, 스스로 발견한 독서의 재미가 독해력을 키운다. 책을 읽는 사람과 읽지 않는 사람은 독해력의 차이로 이어진다. 독해력의 차이는 삶의 질적 차이를 만든다.

　초연결 시대, 인공지능에 기반한 4차 산업혁명을 준비하는 우리에게 미디어 리터러시는 꼭 필요한 능력이다. 자본과 테크놀로지가 결합하여 사회 전체의 구조가 바뀌고 있다. 과거의 전문가, 지식인이 설 자리를 잃고 부와 명예는 전혀 다른 능력의 소유자들에게 돌아갈 수도 있다.[7] 미디어 리터러시에서 더 나아가 디지털이 결합한 현실을 자세히 들여다볼 필요가 있다. 급격한 사회 변동은 테크놀로지의 발달과 자본주의의 심화가 근본 원인이다. 이에 걸맞은 교육 환경의 변화도 우리 사회의 지향점을 점검하는 데서 출발해야 한다. 책을 읽는 사람과 읽지 않는 사람은 제 나름의 이유가 있다. 각종 설문 조사와 객관식 통계 자료를 통해 이를 확인할 수 있으나 사회적 요구, 공교육의 문제 등 심층적인 원인 분석과 대비는 이루어지지 않는다.

유년 시절의 독서, 학교 교육에서 지향하는 독서, 성인이 된 이후의 독서는 대체로 실용적 목적이다. 진학, 승진, 성공을 위한 독서는 평생 독서로 이어지지 않는다. 시간이 지날수록 경험은 많아져도 타인과 세상을 이해하는 능력이 떨어지는 이유가 여기에 있다. 독서의 본질적 즐거움이 지속적인 독서인을 만들고 '읽는 사람'으로 거듭나게 한다. 읽는 사람은 열린 사람이며 끝없이 성장하는 사람이다. 독서가 미디어 리터러시의 필요조건이 될 수는 없으나 충분조건이라는 사실은 틀림없다. 문해력과 독해력은 미디어 리터러시의 기본적인 요건에 해당한다. 매체의 특성을 이해하고 미디어가 전하는 뉴스, 정보, 콘텐츠를 분석하고 평가하는 일은 독자가 텍스트를 수용하는 과정과 크게 다르지 않기 때문이다.

_____ 미디어 리터러시의 시대

읽어야 사는 시대는 종말을 고한 걸까. 이제는 시청각

미디어에 의존하는 시대로 전환된 듯하다. 아침에 눈을 뜨면서 잠들 때까지 한순간도 멈추지 않고 우리 눈과 귀에 제공되는 음악, 뉴스, 정보, 가십의 양은 얼마나 될까. 미디어를 통해 우리에게 전달되는 메시지의 총량은 어마어마하다. 우리가 인식하지 못하는 사이에 감각기관에 노출된 정보량은 상상을 초월한다. 미디어 리터러시는 이제 숨쉬기 기능처럼 현대인에게 꼭 필요한 생존 능력이라고 해도 과언이 아니다.

옛날, 아주 먼 옛날 호랑이가 담배 피우던 시절의 이야기가 기억 속에 남아 있는지 생각해보자. 어린 시절의 이야기는 아이에게 각인되어 평생 잊히지 않는다. 전래 동화, 민담, 전설, 신화, 종교 이야기가 그렇다. 스토리텔링은 현실을 초월해서 상상적 허구를 만든다. 그것이 이야기이든 신이든 상관없다. 인간의 믿음은 상상에 기초하여 더욱 굳건해지고 보이지 않는 세계와 추상적 개념을 현실에 적용하여 삶의 질서에 편입시키는 능력을 발휘해왔다. 사회질서, 법과 규범, 문화와 전통이 모두 여기에 해당한다. 언어는 이렇게 인간을 허구와 추상의 존재로 만든다.

꽃은 존재하는가, 과일은 무엇인가. 진달래와 국화는 볼 수 있고, 귤과 사과는 먹을 수 있으나, '꽃'은 볼 수는 없고, '과일'은 먹을 수 없다. 언어의 추상화 능력은 인간의 상상력을 자극한다. 사물과 자연에 이름을 붙여 의미를 만들고 개별적 관계를 맺는다. 인간은 언어로 감정을 표현하고 사물을 인식하며 사유하는 동물이다. "언어의 한계가 한 인간의 한계"라는 비트겐슈타인의 일갈이 뼈아픈 이유는 분명하다. 자신이 알지 못하는 대상과 존재의 이름은 부를 수 없다. 사물이든 사람이든 사건이든 상황이든 마찬가지다. 눈에 보이고 귀에 들리는 것이 무엇인지 말할 수 없다면 자신의 세계에 존재하지 않는다는 의미다. 언어가 세계를 이해하는 척도이며 사유의 근간이라는 사실을 통해 우리는 미래의 독서를 전망할 수 있다.

리터러시는 문자letter를 읽고 쓸 수 있는 능력이다. 미디어 리터러시는 미디어를 읽고 쓸 수 있는 능력, 즉 미디어의 상징 기호와 추상적 의미를 이해하고 미디어를 통해 자기 생각과 감정을 표현할 수 있는 능력이다. 문자라는 상징체계에서 미디어로 도구가 바뀌었으나 메시지와 메신저의 관계, 소통 구조는 달라지지 않았다. 바야흐로 디지털 미디어의 시대가 도래했다. 텍스트의 생산자는 여전히 소수에 불과하다. 그러나 디지털 미디어는 소비자가 생산자의 역할을 겸한다. 이것이 전통적인 매스 미디어와 다른 특징이다. 독서는 미디어 리터러시 능력을 길러주는 가장 좋은 방법이다. 텍스트의 이해와 표현 과정이 곧 미디어의 수용과 창작 과정과 일치하기 때문이다. 유통 방법에 차이가 있더라도 기본적으로 메시지의 내용과 주체는 변하지 않는다.

제72회 칸 영화제 황금종려상, 제92회 아카데미 작품상 등 한국

영화 역대 최고의 수상 기록을 세운 봉준호 감독의 영화 〈기생충〉(2019)을 소비하는 방식은 관객마다 다르다. 정치적 이념, 사회를 보는 태도, 계층과 계급에 대한 이해 정도에 따라 영화는 다양한 의미로 읽힌다. 영화를 보는 동안 제작자, 영화감독, 배우, 스태프, 평론가, 일반 관객의 눈은 저마다 다른 곳에 머문다. 텍스트에 대한 다양한 해석만큼 영화에 대한 감상과 평가는 제각각이다. 한 권의 책이 독자마다 다르게 읽히는 것처럼 한 편의 영화도 달리 보인다. 미디어 리터러시는 영화뿐 아니라 드라마, 광고, 뉴스, 유튜브, 트위터, 페이스북에 이르기까지 다양한 매체를 수용하는 능력이다. 텍스트 수용 능력과 미디어 수용 능력은 대체로 비례한다. 매체의 특성과 각각의 기호 체계를 이해하면 내용에 대한 주관적 해석과 평가의 과정으로 넘어간다. 정서적 감동, 지적 충격은 지극히 개별적인 반응이다. 이 반응은 자기감정과 생각의 표현으로 이어진다. 미디어를 통해 소비자가 생산자로 거듭나고 이해와 수용을 거쳐 표현과 창작의 단계로 넘어간다.

코로나19 감염병 사태 이후, 대한민국뿐만 아니라 지구라는 행성의 표준이 바뀌고 있다. 인간적 친밀감이 사라지고 타인을 공포와 혐오의 대상으로 인식하기도 한다. 그렇다고 해서 인간의 본성과 욕망이 순식간에 변하지는 않겠으나 대면 접촉과 상호 교류는 '거리 두기'를 전제로 한다. 특히 교육 분야의 변화는 주목할 만하다. 눈을 마주치고 교감을 나누는 수업에 균열이 발생했다. 함께 모여 토론하고 문제를 해결하는 방식의 교육도 여의치 않을 때가 있다. 또래 집단의 놀이 문화조차 조심스러워한다. 협력, 배려, 존중이 사라진 게 아니라 일정한 소통과 교류 방식에 변화가 생겼다. 이런 상황에서 디지털 미디어는 더욱 중요한 역할을 맡았다. 그래서 미디어 리터러시는 텍스트의 독해력을 넘어 교육 현장에서 필수 요소로 자리 잡았다.

이제, 점점 더 많은 개인이 콘텐츠의 생산과 유통 과정에 참여한다. 그들은 소비자에 머물던 과거와 달리 다양한 플랫폼을 통해 자기 콘텐츠의 생산자로 거듭난다. 그러나 미디어에 대한 이해가 부족하고 상상력이 빈곤한 생산자는 소리 없이 사라진다. 우리가 매일 생산, 유통, 소비하는 미디어를 정확히 읽고 쓸 줄 아는 사람은 세상의 주인공으로 거듭날 것이다. 미래 사회는 참신한 콘텐츠와 새로운 방식의 디지털 미디어를 기대한다. 하나의 콘텐츠를 반복 변주하는 능력, 기발한 아이디어와 즐거운 표현 욕구가 디지털 미디어와 결합할 때 가슴 두근거리는 미래가 펼쳐지는 게 아닐까.

읽고
비판하라

_____ 인간의 뇌가 세상을 이해하는 방식

고양이는 2억 5000만 개, 개는 5억 3000만 개, 인간은 평균 160억 개의 뉴런을 갖고 있다. 하버드대학·매사추세츠공과대학 광역 연구소의 제시카 페리 헤크먼 연구원은 뉴런의 개수와 지능과의 상관관계가 아직 증명되지 않았다고 조언했다. 다만 뉴런과 뉴런을 잇는 시냅스 수는 환경에 따라 달라지고 이것이 오히려 정확한 지능 측정에 도움이 된다고 주장했다.[8] 인간의 성장은 뇌세포 수의 증가가 아니라 뉴런과 뉴런 사이를 연결하는 시냅스의 회로 변경을 의미한다. 인간 뇌의 연결망은 평생 계속해서 변한다.[9] 후천적 노력과 활용 여부에 따라 뇌의 기능은 각자 다른 속도로 발달하며 죽을 때까지 멈추지 않고 변한다는 의미다. 한마디로 우리의 뇌는 멈추지 않고 끊임없이 성장한다.

뇌의 정보 처리 과정은 비교적 단순하다. 뉴런의 구조는 정보를 받아들이는 세포체와 수상돌기, 처리한 정보를 내보내는 축색돌기, 이렇게 세 부분으로 구성된다. 언어는 감각기관을 통해 뉴런에 전해져 전기신호로 처리되고 세포체에서 수상돌기를 통해 축색돌기로 전달된다. 축색돌기의 끝부분에 시냅스가 뉴런 사이의 전기신호를 화학 신호로 전달한다. 축색돌기는 전기신호를 다음 뉴런에 전달하는 매개 역할을 하는데 이 축색돌기의 끝부분인 시냅스가 중요한 역할을 하며 1초에 대략 100미터의 속도로 정보를 전달한다.[10] 뇌의 정보 처리는 뇌를 구성하는 수많은 뇌 신경세포인 뉴런들과 이들의 상호 연결이 만든 네트워크 작업의 결과인 것이다.

인간의 커뮤니케이션 활동은 발신자가 수많은 정보를 의도적으로 조합해서 수신자에게 전달하고, 수신자는 이것을 해석하고 평가하며 반응하는 일련의 과정이다. 여기서 반응은 직접 근육을 통해 움직임으로 나타날 수도 있고 언어기호 등과 같이 간접 도구를 통해 정신적으로 나타날 수도 있다. 말하는 사람과 듣는 사람은 비언어적·반언어적 요소인 직접 근육과 언어기호라는 간접 도구를 함께 발신하고 수신하며 대화를 이어간다. 하지만 텍스트는 비대면

　　　　　　　　　　　　　　　　　　　　　읽기의 미래

상황에서 오로지 추상적 상징 부호인 문자의 해석만으로 커뮤니케이션이 이루어진다. 미디어가 직간접적인 방법을 동시에 활용하는 데 비해 책은 간접 도구에만 의존하기 때문에 접근성이 떨어지고 흥미와 재미도 덜하다. 그러나 미디어든 책이든 언어가 주된 커뮤니케이션 수단이라는 점은 틀림없다. 이때 말과 글이라는 차이보다 언어라는 공통점에 주목할 필요가 있다.

언어를 통한 정보 수용은 이해, 분석, 비판, 추론, 적용, 창조의 과정을 거친다. 미디어는 이해를 돕기 위해 직관적인 시청각 정보를 제공하며 즉각적인 반응을 끌어낸다. 짧은 시간에 대량의 정보를 받아들일 수 있으나 분석하고 비판할 시간이 부족하고 추론과 적용이 거의 불가능하다. 문자와 달리 생각할 틈을 주지 않기 때문이다. 쿨 미디어는 참여도가 높아도 수용 시간이 제한돼 있어 기계적이고 수동적인 태도로 받아들일 수밖에 없다. 하지만 핫 미디어인 책은 독자 스스로 수용 과정과 시간을 조절할 수 있어 오히려 능동적이고 적극적이다.

인간의 뇌가 정보를 처리하는 과정은 언어라는 상징 기호를 통해 이루어진다. 시청각 정보가 생존에 유리하던 시대를 지나 고도의 언어능력과 추상적 개념의 이해와 적용이 또 다른 창조의 바탕이 된다는 사실을 깨닫는 데 인류는 오랜 시간을 소모했다. 디지털 미디어를 소비하는 신인류의 탄생은 축하할 만한 일이다. 아니 이제 모든 사람은 디지털 미디어 기반 사회를 살아간다. 매체가 달라졌고 미디어의 문법도 변했다. 그래도 여전히 '언어'를 통해 정보를 유통하는 기본 방식은 변하지 않았다. 그래서 수용한 정보를 해석하고 입체적으로 분석하는 능력, 근본적인 이유를 추론하고 문제를 해결하려는 노력, 대안을 마련하고 새로운 길을 찾는 안목을 위한 읽기 능력이 더욱 절실하다.

독서로 훈련된 이해, 분석, 비판, 추론, 상상 능력은 디지털 미디어에 그대로 적용할 수 있다. 미디어를 이해하고 분석하고 새로운 콘텐츠를 개발하는 데 필요한 능력 또한 책을 읽는 과정에서 길러진다는 사실을 간과해서는 안 된다. 도구와 매체가 바뀌어도 인간의 뇌에서 벌어지는 정보 처리 과정은 다르지 않다.

_____ 비판적 사고를 위한 미디어 리터러시

미디어 리터러시의 핵심은 비판적 사고다. 비판criticism 이란 단어는 그리스어인 'Kriticos'와 'Kriterion'에서 유래했다. 전자는 '판단할 수 있는', '판단에 능한'을 의미하는 형용사이고 후자는 '구분하다, 선택하다, 판결하다'를 뜻하는 동사 'Krinein'에서 온 말이다. 따라서 비판은 일정한 기준에 근거해서 내리는 분별 있는

판단 능력을 의미한다.[11]

비판적 사고의 기원은 소크라테스의 문답법과 산파술이다. 믿을 만한 지식이라는 결론을 내리기 전에 끊임없는 질문을 통해 사물의 진실을 드러내는 방법이 문답법이고, 추론과 가정을 면밀하게 검토하고 기초 개념을 분석하며 말과 행동의 의미를 찾는 과정이 산파술이다. 이 과정을 통해 질문을 받는 사람은 합리적이고 논리적인 믿음과 적합한 증거를 이성적 토대가 결여된 믿음과 구별한다. 관성적 사고, 습관적 행동, 일상적 믿음에 대한 반성적 질문을 통해 무지를 깨닫는 과정이 비판적 사고와 유사하다.

자신이 보고 듣는 것을 의심하는 태도는 자기 생각과 신념의 점검으로 이어진다. 미디어를 통해 전달되는 정보를 선별하고 합리적이고 논리적으로 판단하는 태도가 비판적 사고의 핵심이다. 미디어의 정보 생산자와 소비자는 기울어진 운동장에서 축구를 한다. 한 명의 소비자가 골대를 지켜보지만 수십, 수백 명의 키커kicker가 쉬지 않고 슛을 날린다. 눈을 감거나 돌아설 수밖에 없는 상황이다. 헤아릴 수 없는 정보 발신자와 달리 '나'라는 개별 수신자는 시간과 능력의 한계를 절감할 수밖에 없다. 이러한 상황에 대처하는 가장 좋은 방법이 비판적 사고력을 기르는 일이다.

소달구지를 타고 광장으로 들어오는 이를 왕으로 삼으라는 신탁으로 일개 농부에 불과했던 고르디아스는 고대 소아시아 프리기아의 왕이 되었다. 그 아들 미다스 왕은 신들에게 감사의 뜻으로 이 달구지를 밧줄로 꽁꽁 묶어놓으며, 이 매듭을 푸는 자가 세계를 정복할 거라는 예언을 남겼다. 이후 수백 년 동안 숱하게 많은 이들이 이 매듭 풀기를 시도했으나 실패했다. 소아시아를 하나씩 정복하던 알렉산더 대왕이 이 전설을 듣자 달구지로 성큼성큼 걸어가 단칼에 그 매듭을 자르고 예언대로 세계의 정복자가 되었다. 너무 복잡해서 풀 수 없는 문제에 직면했을 때 하는 과감한 결단이나 행동을 비유하는 말로 '고르디아스의 매듭을 끊는다Cut the Gordian knot'가 있다.

콜럼버스의 달걀처럼 발상의 전환이라는 측면에서 일리 있는 행동이지만, 우리가 실천할 수 있는 교훈은 아니다. 알렉산더 대왕은 매듭을 풀었다고 할 수 있을까. 원천 봉쇄의 오류와 마찬가지로 문제 자체를 없애버리는 판단과 결정은 권력자의 몫이다. 평범한 사람들이 할 수 있는 선택을 넘어선 생각과 행동이다. 보통 사람들은 절이 싫으면 중이 떠나야 한다고 생각하지 절을 불태우고 다시 지어야 한다고 생각하지 않는다. 절을 무너뜨릴 힘과 다시 지을 돈이 있어야 가능한 일이기 때문이다.

비판적 사고는 대단히 복잡하고 힘든 사유 방식이다. 근거를 따져보고 팩트를 체크하며 인과관계를 들여다본다. 합리적인 태도로 이성의 힘을 발휘해야 하는 매우 논리적인 사고 과정이다. 시간이 걸리고 지속적인 사고 훈련도 필요하다. 디지털 미디어와 SNS의 영향력이 커질수록 비판적 안목은 점점 더 중요해진다. 『생각을 넓혀주는 독서법』(멘토)의 저자이며 미국 철학연구소 소장을 지낸 모티머 애들러 교수는 "교육의 궁극적 목적은 사려 깊은 시민, 즉 자신이 하는 모든 일에서 '비판적으로 사고할 수 있는 개인'을 길러내는 것이다"라고 주장했다. 민주 시민의 기본 소양이며 디지털 미디어 시대를 사는 우리에게 절실하게 요구되는 비판적 사고력은 꾸준한 독서를 통해 길러진다. 감정을 배제한 이성적 토론과 다른 의견을 경청하는 연습이야말로 학교 교육과 시민 교육의 핵심이다.

지식과 정보가 범람하는 미래에 대비하기 위해서는 과거의 지식과 정보 습득에서 벗어나 사실과 의견을 구분하고, 타당한 근거를 들어 내용을 평가하며, 다양한 관점으로 저자의 주장을 살피고, 편견에 사로잡히지 않으려는 태도로 책을 읽는 게 좋다. 개인적인 문제뿐 아니라 사회적 이슈를 다룰 때도 마찬가지다. 비판적 관점은 감정에 호소하는 오류에서 벗어나 합리적인 기준을 적용하는 방법과 태도다. 고르디아스의 매듭을 잘라버리는 대신 풀 수 없다는 사실을 인정하는 자세다. 풀리지 않는 매듭에 매달리는 대신 다른 달구지를 이용하는 지혜다.

인간 두뇌의 놀라운 가소성은 계속적으로 재구조화하고 학습하게 만든다. 학문적 연구만을 통해서가 아니라, 경험, 사고, 행동, 정서를 통해서 말이다. 근육과 마찬가지로 두뇌 운동으로 신경 통로를 강화 또는 약화시킬 수 있다. 어찌 되었든 기본 원칙은 매한가지다. 즉, 사용하지 않으면 소멸한다.[12] 독서는 뇌의 가소성을 가장 적절하게 활용하는 방법이다. 학문적 연구, 전문 지식의 활용을 위해서만 책을 읽는 게 아니라 개별 독자의 뇌를 재구조화하고 활용하기 위해 꾸준히 다양한 분야의 책을 읽어야 한다.

　인공지능 시대의 독서는 지식과 정보의 축적을 위해서가 아니라 뇌의 가소성을 극대화하고 비판적 사고력을 길러 디지털 미디어 리터러시를 강화하는 방향으로 나아가야 한다. 우리는 얼마나 성공했느냐가 아니라 자기가 좋아하는 일을 하고 있는지 물어야 한다. 끊임없이 스스로를 자극하는 활동이 불안과 허무, 무기력과 게으름을 치료하는 최고의 처방전이다. 독서를 통해 뇌를 자극하고 변화를 시도하며 몰입의 즐거움을 증가시키는 사람이 되고 싶지 않은가. 우리는 맹목적으로 타인을 추종하는 삶을 원하지 않는다. 미디어 리터러시 능력을 갖추지 못하면 자본주의가 만들어낸 욕망을 추종하다가 중심을 잡지 못하고 쓰러질 수도 있다. 생각한 대로 사는 게 어렵지 살아지는 대로 생각하는 건 너무 쉽다.

읽고
상상하라

_____ 자기표현을 위한 상상력

컴퓨터는 크게 입력, 연산과 저장, 출력 장치로 구성되어 있다. 비유하자면 인간의 뇌는 컴퓨터의 중앙처리장치인 CPU Central Processing Unit에 해당한다. 정보를 입력하면 처리하고 저장한 후 필요할 때 꺼내 쓰는 과정이 인간의 배움 과정과 닮았다. 입력과 저장만 가능한 컴퓨터가 무용지물이듯 지식과 정보를 받아들이기만 하는 사람은 없다. 말과 글은 물론 다양한 방식으로 우리는 자기 생각과 감정을 표현하며 산다. 기본적으로 듣고 말하는 과정을 거쳐 읽고 쓰는 능력을 기른다.

인간의 뇌는 컴퓨터의 CPU와 달리 입력된 정보에 '상상력'을 더한다. 상상력은 똑같은 정보를 입력해도 사람마다 각자 다른 무언가를 출력하는 놀라운 기능이다. 똑같은 영화, 드라마, 뮤지컬, 콘서트, 전시회뿐 아니라 같은 곳에 여행을 다녀오고 같은 음식을 먹어도 각자의 생각과 느낌이 다르듯 그것을 표현하는 능력과 결과물은 지극히 개별적이다. 이는 개인적 취향과 성격에 상상력이 더해지기 때문이다.

상상력想像力의 어원은 라틴어 'Imaginatio'에서 유래한다. Imaginatio는 공상fancy에서 파생한 그리스어 'Fantasia'를 단순히 음역한 용어로, 이미지를 획득하거나 그것을 창조하는 능력, 또는 그러한 이미지를 고안하는 과정을 주관하는 힘을 가리킨다.[13] 또한 상상력은 지성의 창조적인 능력으로 정서와 지성, 때로는 감각을 중심으로 하여 여러 체험 요소를 종합하고 조직해서 새로운 초월적 가치를 창조하는 능력이다. 영국의 시인이자 평론가인 새뮤얼 콜리지에 의하면 상상력이란 이성을 감각적인 심상과 합체시키는 능력으로 이념화하고 통일화하려는 노력을 뜻한다.[14] 보이지 않는 세계를 창조하는 소설가, 눈으로 볼 수 없는 이미지를 그리는 화가뿐 아니라 제품 디자이너, 광고 기획자, 카피라이터, 방송국 PD, 컴퓨터 프로그래머, 마케팅 디렉터, 신약 개발 연구원도 상상력에 목을 맨다. 사실은 정치인과 공무원에게도 절실하게 요구되는 능력이 상상력이다. 무엇보다도 매일 주방에서 음식을 만드는 과정이야말로 최고의 상상력을 발휘하는 일이다.

우리 주변에는 수많은 디지털 미디어와 SNS가 매일매일 다양한 정보를 쏟아낸다. 각종 뉴스와 볼거리가 넘치고 사람이 몰린다. 사람이 모이면 무엇이든 돈이 된다. 상품, 광고, 유행으로 이어지기 때문이다. 기발한 아이디어, 엉뚱한 상상력이 점점 더 힘을 발휘한다. 가장 개인적인 것이 가장 창조적인 이유는 무엇일까. 개인의 창조적 상상력은 어디에 기반한 것일까.

베네딕트 앤더슨은 민족이라는 상상의 공동체가 인류 역사에 어떤 영향을 미쳤으며 우리의 의식을 어떻게 지배하는지 지적한 바 있다.[15] 유발 하라리는 종교, 법과 제도 등 사피엔스가 상상의 질서를 만드는 유일무이한 존재라고 말한다.[16] 라이트 밀즈는 한 개인의 삶과 한 사회의 역사를 함께 이해할 때 사회과학에 바탕을 둔 사회학적 상상력을 발휘할 수 있다고 믿었다.[17] 인간의 문명 발달은 이와 같은 상상력에 기초하고 있다.

개인의 일상은 물론이고 한 사회의 발전, 인류 문명의 진보에서도 상상력은 빼놓을 수 없을 정도로 중요한 역할을 해왔다. 기술의 발전, 미디어의 속도 전쟁 사이에서도 인간의 상상력은 가장 높고 귀한 자리에 놓인다. 인공지능과 로봇이 인간을 위협하는 시대에는 더더욱 그렇다. 상상력의 바탕은 언어 사용 능력이다. 언어의 한계가 상상력의 한계이기 때문이다. 고유명사에서 추상적 개념에 이르기까지 우리는 자신의 언어로 생각하고 상상한다. 무엇을 상상하든 자신의 언어를 뛰어넘을 수 없다는 사실은 분명하다.

독서는 끊임없이 언어 감수성을 길러주는 거의 유일한 방법이다. 세계를 확장하고 자신의 영역을 넓히는 데 책보다 더 좋은 도구는 없다. 미디어의 표현과 상상력 또한 언어 사용 능력에 비례한다. 무엇을 만들 것인지, 어떻게 표현할 것인지에 대한 고민의 본질은 상상력이다. 이 상상력은 언어에 기반하며 언어 활용 능력은 관심 분야에 대한 꾸준한 독서와 사유로 길러진다. 프로그램을 다루는 기술, 콘텐츠를 편집하는 능력도 중요하지만 결국, 자기표현을 위한 상상력이 승부를 좌우한다.

자기 정체성을 드러내는 방식은 다양하다. 사람들은 대개 성별, 나이, 직업, 학력, 고향, 종교 등으로 이를 판단한다. 눈에 보이고 손에 잡히는 객관적 근거라고 생각하기 때문이다. 하지만 이는 대체적인 성향이나 특징을 파악하는 데는 유용하지만 개인의 본질을 파악하는 데는 큰 도움이 되지 않는다. 개인이 사용하는 단어야말로 한 인간의 정체성을 파악하는 기준이 된다는 제임스 W. 페니베이커의 지적은 미래의 독서를 위해 꼭 필요한 조언이다.

모든 단어는 동등하지 않다. 어떤 문장에든 기본적인 내용과 의미를 전달하는 단어가 있고 묵묵히 지원하는 기능을 하는 단어가 있다. 역설적으로, 의미를 담은 말보다 '묵묵히 지원하는 단어quiet words'가 그 단어를 말한 사람에 대해 더 많은 이야기를 들려준다. 말의 '내용'보다는 언어 표현 '스타일'이 한 사람의 특징을 그대로 반영한다. 그뿐만 아니라 사람의 언어 스타일을 반영하는 단어들은 그 사람의 성격, 사회적 관계, 심리 상태를 보여줄 수도 있다. 예를 들어, '나'라는 의미의 '우리'는 책임을 분산하고 존재하지 않을 수도 있는 다른 사람들의 지지를 암시하기 위해 사용된다. "우린 자네가 그 서류를 정확히 작성한 것 같다는 느낌이 안 드네." 그 서류에 대해 아는 유일한 사람은 그 관리자밖에 없는데도 이렇게 말하는 스타일이 그렇다.[18]

디지털 미디어가 지배하는 세상, 미디어 리터러시의 중요성이 더욱 강조되는 미래에 자기표현을 위해 우리에게 필요한 건 자기 '단어의 사생활'이 아닐까. 아침에 눈을 뜨고 잠들 때까지 사용한 언어의 총량, 중요한 단어, 묵묵히 지원하는 단어, 말하고 표현하는 스타일을 떠올려보자. 이제 자연스레 자기만의 세계가 보이지 않는가.

_____ 막막한 현실에서 발휘되는 상상력

네덜란드 판화가 M. C. 에셔는 "나는 언제나 수수께끼 사이에서 방황하고 있다"라고 고백한 적이 있다. 또 "나는 철들지 않는다. 내 안에는 어린 시절의 내가 있다"라는 말로 자신의 작품 세계를 대변한다. 초현실적 상상력으로 관객들을 매료시킨 그의 전시회에서 발견한 몇 개의 문장 앞에서 한참 동안 서 있던 기억이 난다. 상상력의 힘을 다시 한번 확인할 수 있는 에서의 판화는 여전히 많은 사람의 호기심을 자극한다. 현실을 초월한 상상력은 인간의 감정을 고양하며 현실 너머의 세계를 꿈꾸게 한다.

반면, 문자는 상징적 기호에 불과하다. 그림이나 사진처럼 직관적으로 사물을 인식하고 시각 정보에 의해 감정과 생각을 전달하는 대신 이해와 분석이라는 번거로운 과정을 거친다. 그림이나 음악과 달리 문학은 특별한 도구가 아닌 일상적 언어를 재료로 삼는다. 언어에 새로운 의미를 부여하고 재구성하는 정도면 읽는 사람의 상상력이 자극된다. 문학이 펼치는 세계는 현실의 반영이 아니라 개별 독자가 그려낸 각자의 이미지로 재구성된다. 철학의 개념과 역사적 장면, 사회학 이론, 과학 원리도 크게 다르지 않다. 상징적 기호를 통해 우리는 울고 웃으며 환호성을 지르고 탄식한다. 때로는 감탄하며 고개를 끄덕이고 화를 내고 행복한 미소를 짓는다. 우리는 그렇게 성장한다. 눈에 보이고 손에 잡히는 세계 너머에 대한 상상력이야말로 책이 우리에게 주는 가장 큰 기쁨이다.

자신의 삶에 대체로 만족하는 사람이 창조력을 발휘할 가능성은 크지 않다. 과학자 김대식은 다니엘 바이스와의 대화에서 삶이 불안전하다는 사실을 받아들였을 때, 창조적인 사람은 그 사실에 압도되기보다는 "내가 이 문제에 대해서 뭘 할 수 있을까? 뭘 해야만 할까?"라는 질문을 던진다고 말한다. 이에 대해 다니엘 바이스는 사소한 불만족이 커다란 창조의 도약이 될 수 있다고 조언한다. 진짜 창조력은 서로 다른 영역의 사실과 아이디어를 연결할 때 발현된다고 답한다.[19] 그 결과로 두 개 이상의 영역을 넘어선 무언가가 만들어져야 한다. 언뜻 새로워 보이지만 실제로는 기존의 것과 크게 다르지 않은 무언가를 만들어내는 가짜 창조력은 특정 분야와 자기 안에서 맴도는 고민의 결과에 불과하다.

　모두가 한 방향을 바라보는 교실에서 창의력이 길러질 리 없다. 리더의 말에 일사불란하게 움직이는 조직에서 나오는 아이디어는 가짜일 확률이 높다. 질문이 사라진 사회에서 창의력은 계발되지 않는다. 창의력은 실패를 두려워하지 않을 수 있는 조건에서, 회복 탄력성이 높은 사람에게서 저절로 창출되는 능력이다. 미래를 예측하고 변화와 혁신을 두려워하지 않는 사람이 필요한 시대다. 창조력은 미래를 위한 생존 능력이다. 이와 같은 능력을 꽃피우는 무대가 이제 랜선 위에 펼쳐진다. 디지털 미디어와 인터넷 기반 플랫폼이 미래의 전부인 양 착각하지는 말아야 한다. 창조적 상상력의 기반은 추상적 상징 기호인 문자를 통해 끊임없이 세계를 확장하며 자기 리듬에 충실해야 다져지는 게 아닐까.

　창조적 상상력의 기반을 다진 사람은 코로나19 감염병 사태와 같은 막막한 현실에서도 상상력을 발휘한다. 우울한 이웃을 위해 위로를 건네고 일자리를 잃은 사람과 설 자리가 없는 사람들을 위해 정부와 공동체가 할 수 있는 일을 제안한다. 유연한 사고, 열린 마음, 도전하는 용기가 창조적 상상력의 에너지다. 우리는 아직 할 일이 남았고 하고 싶은 일이 많지 않은가.

　모든 사람이 같은 미래를 꿈꿀 수는 없다. 사람들은 디지털 미디어를 통해 펼쳐질 세상, 기술의 발달로 인해 달라질 세상에 대비한다. 점점 시간이 없고, 바쁜 일상에 쫓긴다. 어디를 향해 무엇을 위해 달리는지 살필 겨를이 없다. 이런 상황에서 읽기의 미래 혹은 미래의 독서가 가능할까. 아니 거꾸로 책은 이런 상황에 어떤 도움이 될까. 이런저런 질문과 호기심이야말로 우리를 여전히 책 속으로 이끄는 안내자다. 현실에 발 디딘 독서, 나의 미래를 위한 읽기가 필요한 순간은 바로 지금이다.

　　　　　　　　　　　　　　　　　　　　읽기의 미래

2부
미래를 읽는 방법

근대 이후 대량 보급된 책은 지식의 대중화에 기여했으나 여전히 소수의 지식 생산자가 독자들에게 일방적으로 메시지를 보내는 방식이었다. 쌍방향 소통은 가능하지 않았으며, 지식 정보의 누적량이 지금과 비교할 수 없을 정도로 적었다. 3차 산업혁명으로 인해 지금 우리가 경험하듯 지식과 정보의 '생산-유통-소비' 과정이 실시간으로 이뤄지게 됐다. 책은 과거의 방식으로 제 생명을 유지하고 있으나, 이제는 자기만의 콘텐츠를 생산할 수 있는 사람이면 누구나 글을 쓰고 책을 낸다. 재밌고 즐거운 책, 공감과 위로를 건네는 책, 특이하고 개성적인 책이 전통적인 소설과 지식인의 에세이를 대체하고 있다. 책 속에서 발견한 양식과 숨은 진실은 온라인에서 실시간으로 유통되며 언제든 검색할 수 있는 상식이 되었다.

언제나 그러하듯 이제 우리의 관심은 다가올 미래다. 독서의 미래는 어떠해야 할까. 아니, 미래에는 독서가 어떻게 달라져야 할까. 지식과 정보의 흐름을 파악하고 그것을 이해, 수용, 편집, 창조하는 과정은 어떻게 개별화될까.

미래의 독서라고 해서 책이 가진 근본적인 특성과 기능에서 벗어날 수는 없다. 하지만 책은 더 이상 지식과 정보를 얻기 위한 최고의 수단도 아니고 비교 불가능한 즐거움과 재미를 주는 도구라고 할 수도 없다. 미래의 독서는 분명 기존의 방식과 달라져야 한다. 보다 역동적이고 입체적으로 변해야 한다. 혼자만의 시간을 즐기는 휴식과 취미 활동으로서의 독서도 나쁘지 않으나 개방적 사고, 비판적 관점, 창조적 혁신을 위한 읽기로 한발 더 나아가야 한다. 지식과 정보는 새롭게 분해, 결합이 가능하며 비판적 수용과 분석을 통해 새로운 지식 창출로 발전해야 한다.

문학이든 비문학이든 책은 인간의 사고력을 확장하고 사람과 사물을 다른 눈으로 보는 통찰력을 길러준다. 미래를 위한 독서 또한 이런 능력이 바탕을 이룬다. 인공지능에 대한 불안, 4차 산업혁명에 대한 공포가 아니라 다가오는 미래를 기꺼이 맞이하려면 과거와 현재에서 미래의 희망을 찾고 자신이 걸어갈 길의 방향과 목적지를 분명히 하는 것이 좋다. 독서의 본질은 시대가 바뀌어도 변하지 않는다. 하지만 책의 효용과 가치, 읽는 방법과 태도는 끊임없는 점검이 필요하다. 다가올 미래에는 개별성이 더욱 강조되어 '나'를 위한 읽기가 가장 중요한 능력이 될 것이다.

1장

나를 위한
읽기 능력

읽기를
즐기는 능력

_____ 자율적 독서와 학습 능력

미술 시간이 끝났지만 베티의 도화지는 하얀색 그대로다. 선생님은 웃으면서 어떤 것이라도 좋으니 하고 싶은 대로 해보라고 격려한다. 그러자 베티는 화를 내며 도화지 위에 연필을 내리꽂았다. 도화지를 들고 한참을 살피던 선생님은 베티 앞에 내려놓으며 "자! 이제 네 이름을 쓰렴"이라고 말한다. 일주일 뒤 미술 시간에 베티는 선생님 책상 위에 걸린 액자를 보고 깜짝 놀랐다. 번쩍거리는 금테 액자 안에는 베티가 신경질적으로 내리꽂은 점이 보였다. 베티는 그 액자를 보며 여전히 화난 표정으로 "흥! 저것보다 훨씬 멋진 점을 그릴 수 있어!"라고 말한다. 이제껏 한 번도 써 본 적 없는 수채화 물감을 꺼내 점을 그리기 시작한다. 작은 점, 큰 점을 그리다 물감을 섞어가며 다양한 점을 그린다. 마침내 색을 칠 하는 대신 여백으로 점을 표현하는 경지에 이른다. 베티의 그림 전 시회는 인기가 대단했다. 전시회를 찾은 후배가 누나처럼 잘 그리 고 싶다는 말을 하자 베티는 후배에게 도화지를 내민다. 자를 대고 도 선 하나를 제대로 그리지 못한다는 후배의 비뚤비뚤한 선을 한 참 바라보더니 베티는 이렇게 말한다. "자! 이제 여기 네 이름을 쓰 렴."

캐나다의 동화작가 피터 레이놀즈의 유명한 그림책 『점』(문학동 네)의 내용이다. 짧은 동화 속에는 독서에 관한 근본적인 비밀이 숨 어 있다. 베티가 스스로 수채화 물감을 꺼내는 장면이 핵심이다. '자율성'을 끌어내는 가장 좋은 방법은 무엇일까. 부모와 교사는 호 기심을 자극하고 흥미를 유발해서 아이들이 스스로 움직이게 하려 고 노력한다. 동기를 유발하고 자율성을 높이는 비법은 없다. 만약 그럴 수 있다면 수많은 육아법과 교육 이론은 필요 없을지도 모른 다. 자발성을 끌어내려면 개별성에 기초해야 한다. 사람은 성별, 인 종, 외모만큼 성격, 취향, 욕망이 제각각이다. 일반적으로 통용되는 방법과 상식적인 방법이 모든 사람에게 적용될 수 없다. 베티가 아 닌 다른 아이라면 선생님 책상 위에 걸린 점 찍힌 도화지를 보고 스스로 수채화 물감을 꺼내지 않았을 수도 있다.

'독서백편의자현讀書百遍義自見'이라는 고전적 독서 방법이 있다. 반복과 암기가 최고의 학습법이라는 의미다. 독자가 글쓴이의 의도를 파악하며 읽는 독서법이다. 대체로 학교에서의 교과서를 통한 학습 방식이 여기에 해당한다. 강의식 수업을 통해 정확하고 세세한 정보를 처리하는 능력이 중요하다. 공부는 엉덩이로 한다는 명언에 동의할 수밖에 없는 학습법이다. 그러나 이제 지식의 양과 질이 시시각각 변한다. 평생 출신 대학 간판으로 먹고살던 시스템에 균열이 생긴 지 오래다. 바야흐로 우리는 평생 학습 시대에 접어들었다. 고정된 지식, 변하지 않는 진리는 없다. 패러다임을 바꾸면 공부와 독서에 대한 편견도 사라진다. 어떤 일을 하든 새로운 정보를 스스로 찾고 선별하고 처리하는 능력이 필요하다. 미래의 독서는 수동적·피동적 학습자에서 능동적·적극적 학습자로의 변신을 요구한다.

20세기 프로이트 정신분석학에 대한 의심과 과학·실증주의를 기초로 행동주의 심리학이 등장했다. 행동주의자들은 인간 정신과 심리를 '해석'하는 대신 눈에 보이는 '자극 반응'을 분석함으로써 '심리 행동' 메커니즘을 '이해'할 수 있고, 적절히 개입(조건화)하면 의도한 행동(반응)을 이끌어낼 수 있다고 여겼다. 행동주의 심리학의 창시자라 불리는 존 B. 왓슨은 그 자신감을 이렇게 드러냈다.

"나에게 열두 명의 건강한 영아를 맡겨보라. 잘 만들어진 나의 특수한 세계 속에서 아이들을 자라게 한다면 나는 아이를 내가 원하는 어떤 직업으로도, 예컨대 의사나 변호사, 화가, 사기꾼, 심지어는 거지나 도둑으로도 키울 수 있다고 장담한다. 그 아이의 재능이나 기질, 능력, 인종 따위는 전혀 상관없다."[1] 파블로프의 개처럼 인간도 형성된 조건에서 자극을 주면 행동의 변화를 끌어낼 수 있다고 굳게 믿는 사람들이 의외로 많다. 군대와 닮은 학교가 이렇게 운영되며, 부모의 양육 방식과 태도가 아이의 미래를 결정한다는 부담과 죄책감이 여기에 해당한다. 주디스 리치 해리스는 『양육가설』(이김)에서 이보다 중요한 요인은 또래 그룹 즉 본받고자 하는 준거집단으로 그들이 인성과 사회화에 결정적인 영향을 미친다고 주장한다. 네트워크 시대를 사는 우리에게 준거집단은 연예인이나 유튜버와 인스타그램의 셀럽이 아닌가. 수동적이고 피동적인 학습자로 지긋지긋한 교과서와 참고서를 암기하던 행동주의 세대의 독서와 경험을 재조직하고 개별적 사건의 패턴을 통해 직관적으로 사고하는 인지주의 세대의 독서가 같을 수는 없다.

그러나 세대를 막론하고 우선해야 할 것은 능동적이고 자발적인 독서 태도다. 개별적인 관심 분야부터, 인지주의 학습 이론에 기초한 '통찰'의 순간까지 재미있게 즐기는 자세가 미래의 읽기에 필요한 첫 번째 조건이다.

읽기의 미래

_____ 평생 독서의 가능성

자발적인 독서의 가장 큰 장점은 지속 가능성이다. 우리는 한때 책을 좋아하는 아이였다. 세상을 향한 질문, 사람에 대한 호기심, 자연을 보는 신비함을 간직한 유년 시절을 기억하는가. 그 모든 물음의 도구였던 언어는 '듣기 – 말하기 – 읽기 – 쓰기'의 과정을 거쳐 한 인간의 정체성을 드러낸다. 세상이 변하고 인공지능 시대가 온다고 해도 앎을 향한 인간의 본능은 멈추지 않는다. 새로운 일에 도전하고 변화에 적응하며 두근거리는 미래를 꿈꾸는 동안 책은 언제나 우리 곁에서 인생의 동반자, 훌륭한 조언자로 남지 않을까.

2008년에 대중화된 스마트폰은 인간의 삶을 가히 혁명적으로 변화시켰다. PDA[2]라는 개인용 정보 단말기에 전화 기능을 추가하고 인터넷을 연결하면서 탄생한 스마트폰은 '포노 사피엔스'의 시대를 열었다. 외장 하드처럼 활용되던 스마트폰이 이제는 확장된 뇌의 역할을 한다. 최신 정보와 전문 지식을 굳이 기억할 이유가 없고 상세히 기록할 필요도 없다. 이런 상황에서 책 읽기가 거추장스런 구시대의 학습 시스템으로 보이는 건 자연스러운 현상이다. 하지만 세상에 그렇게 쉽고 편안한 길은 없다. 스마트폰 하나로 모든 게 해결되는 세상이라면 누가 굳이 열심히 공부하고 애써 노력하고 밤새 고민하겠는가.

남들이 생각하는 대로 생각하고 대중이 욕망하는 대로 살아가고 레거시 미디어가 전하는 대로 세상을 이해한다면 오히려 행복할 수도 있다. 하지만 일시적인 트렌드를 좇고 타인의 욕망을 욕망하는 삶은 한계에 부딪히기 마련이다. 동물적 욕구에 충실한 깊이 없는 삶은 물질적 풍요와 일신의 안락만을 불러올 뿐이다. 사람은 자기 정체성을 찾고 인정 투쟁에 목말라하며 삶의 가치와 의미를 추구하기 마련이다. 아무리 돈이 많고 호화로운 집에 살아도 '만족스러운 삶'을 위해서는 철학적 성찰이 필요하지 않을까. 나는 누구이며, 어디에서 와서 어디로 가는지, 무엇을 위해 어떻게 살 것인지. 가장 본질적이고 근본적인 삶에 대한 질문 없이도 진정한 행복이 가능할까.

자기 삶의 충족감은 물질적 풍요로움이나 직업, 외모 같은 외적 조건으로 채우기 어렵다. 지속 가능한 행복을 위해 우리는 타인의 시선으로부터 자유롭게 살아야 한다. 앞으로 과거 어느 때보다 개별적 존재로서 '나'에게 집중할 필요가 있다. 인류 사회가 핵가족을 넘어 1인 가구 시대로 접어든 지 오래다. 공동체, 조직, 집단을 위해서가 아니라 나를 위한 즐거움과 행복을 추구하는 시대다. 이런 상황에서 네트워크 시대를 역행하는 독서는 단절과 고독이며 자기만의 세계를 구축하는 행위다. 그 누구도 대신할 수 없는 쾌락의 대상이다. 이런 즐거움을 포기할 이유가 없다. 다만 미래 사회를 오해하는 사람들이 독서의 필요성을 인지하지 못할 뿐이다.

덕후의 시대가 도래했다. 오타쿠가 추앙받는 시대다. 1인 미디어를 통해 자기 취미를 공유하고 나름의 노하우를 나누며 자기만의 행복과 즐거움을 시시때때로 교환한다. '아무튼, 양말/ 떡볶이/ 스릴러/ 서재/ 술/ 택시/ 발레/ 언니/ …' 시리즈가 조용한 파문을 일으켰다. 문고판 에세이 시리즈라니? '나에게 기쁨이자 즐거운, 생각만 해도 좋은 한 가지를 담은 에세이'가 이어진다. 이렇게 재밌는 일들이 우리 주변에서 기획되고 인정받고 공감을 얻는 이유가 뭘까. 책은 물성을 지닌 대상으로, 우리의 생각과 감정을 담는 도구로 여전히 중요한 자리를 차지한다. 듣고 읽는 수동적 태도에서 나아가 말하고 쓰는 능동적 인간이 되고 싶지 않은가. 자기 삶의 주인이 되는 일은 생각보다 쉽지만 보기보다 용기가 필요하다.

아무튼, 책은 미래에도 그 기능과 역할이 약해질 가능성이 희박하다. 자율적으로 시작한 일은 재밌고 즐겁다. 그러면 계속하게 된다. 시키지 않아도 밤을 새운다. 이렇게 좋아서 계속하려는 마음을 우리는 '열정'이라 부른다. 열정은 결심하는 게 아니라 자발적으로 만들어지는 삶의 기쁨이자 희망이다.

책장을 넘기며 느낀 즐거움은 무엇으로도 대체 불가능하다. 인터넷으로 무장한 신인류가 탄생했으나 그들이 누린 감각적 쾌락은 책을 통해 느낄 수 있는 재미와 구별된다. 책은 그 자체로 하나의 거대한 놀이동산이며 예측 불가능한 보물창고다. 책의 흥망성쇠는 인류의 역사와 같다. 우리가 책을 통해 얻은 기쁨과 슬픔은 아날로그 시대의 추억이 아니라 디지털 시대에도 놓칠 수 없는 소중한 가치다.

연인, 친구, 가족은 물론 직장이나 동호회, 학교 선후배까지 단톡방과 SNS로 연결된 현대인의 삶은 투명하다. 잠시도 혼자만의 시간을 가질 수 없다. 하지만 때때로 자기만의 방이 필요하지 않은가. 오죽하면 '멍 때리기 대회'까지 열리겠는가. 책을 읽는 기쁨과 슬픔은 첨단 과학기술로도 해결하지 못하는 인간의 근원적 고독과 성찰의 시간에 찾아온다. 현실에서 만나는 사람과 세상은 그 크기가 제한적이다. 일상생활을 하며 부딪치는 사람은 특정 분야, 한정된 스타일인 경우가 대부분이다. 다양한 사람을 만날 수 있다 해도 양적 한계가 있다. 시간과 공간의 제약은 물론이고 사회적 관계에 따라 생각과 행동의 제약도 심하다. 하지만 자발적 독서를 통해 만날 수 있는 세계에는 한계가 없다. 무한한 상상력을 제공하고 시공간을 넘나들며 모든 경험을 가능하게 한다.

인터넷은 집단의 장소와 협업의 장소로 더없이 소중하지만, 개인의 생각과 감정을 정리하는 장소로도 활용될 수 있다. 실시간으로 사생활이 노출되는 문제가 지적되기도 하지만, 나만의 개성을 표출하고 언제든 누구든 소통할 수 있다는 장점도 있다. 책 읽는 즐거움은 대부분 혼자서 가능하겠지만 읽고 난 후에는 다른 사람들과 나누고 다양한 분야에 적용해보는 것이 좋다. 인공지능, 빅데이터, 사물인터넷이 일상적으로 활용되는 미래 사회에서 지식과 정보를 얻기 위해 책을 뒤적이는 사람은 거의 없을 것이다. 하지만 한 분야의 전문 지식을 배우고 깊이 들여다보려는 사람에게 책은 여러 가지 아이디어를 제공하며 새로운 길을 제시한다.

누군가는 인생에 정답이 없다고 말한다. 또 누군가는 목적지가 아니라 방향이 중요하다고 조언한다. 그런 말들에 동의하는가. 왜 그런가. 무엇이 그런 생각을 끌어냈는가. 그렇다면 어떻게 할 것인가. 꼬리에 꼬리를 무는 사유의 연쇄 충돌이 자신의 미래를 좌우하는 책 읽기의 힘이다. 내일을 위해 읽기 능력을 기르는 방법은 우선 책을 가까이 두는 일이다. 눈에서 멀어지면 마음에서도 멀어진다. 손이 닿는 장소에 두고, 가방에 넣어 들고 다니면서 틈나는 대로 마주 보는 습관부터 길러야 한다. 자기 삶의 주인이 되기 위해 지속 가능한 놀이로서의 책을 인생의 동반자로 만드는 일은 매우 중요

하다. 독서가 중요한 일상이며 습관인 사람은 다가올 미래가 두렵
지 않다.

사실과 의견을
구분하는 능력

_____ 팩트란 무엇일까

"저는 '팩트'를 힘들어해요." 어느 날 독서 모임에서 의외의 말을 들었다. 『팩트의 감각』(어크로스)에 대한 인상 비평을 하는 중이었다. 평소 소설과 에세이를 좋아하던, 감성이 풍부한 분이었다. 책에 대한 애정이 넘치고 인생에서 독서를 매우 중요한 요소라고 생각하는 분의 소감이어서 더욱 인상 깊었다. 굳이 그 이유를 설명하지 않아도 사람들이 대체로 '팩트'보다 '스토리'에 흥미를 느끼며 오래 기억한다는 점은 누구나 알고 있다.

사람이 신념을 바꾸는 일은 산을 옮기는 일만큼 어렵다. 인간이 창조한 상상의 질서, 즉 종교, 정치 제도, 경제 구조 등은 한 사람의 신념을 결정하여 정체성으로 굳어진다. 하드웨어인 몸과 소프트웨어인 가치관이 한 인간의 정체성이라고 할 수 있다면 항상성homeostasis을 유지하려는 노력 중 하나가 굳건한 신념이다. 한번 정한 종교적·정치적 성향, 경제 관념은 사람을 편안하게 한다. 자신에게 맞는 정보가 사실이고, 내 생각과 다른 사람들의 의견은 가짜뉴스라는 생각은 항상성을 유지하는 좋은 방법이다. 자신의 선택과 판단에 오류가 있음을 인식하고 객관적 사실을 확인해서 생각을 바꾸고 행동에 옮기는 건 쉽지 않은 일이다. 잘못 생각한 부분을 찾아 바로잡으며 굳이 어렵고 힘든 길을 택할 이유가 없지 않은가.

'팩트'를 힘들어한다는 말은 갈등과 충돌을 싫어한다는 말의 우회적 표현일 것이다. '팩트'에 별 관심이 없다는 건 사실관계를 정확히 따져 내 삶이 달라지거나 행복해진 경험이 없기 때문이다. 다른 건 틀린 게 아니다. 하지만 옳고 그름을 따지는 일보다 사람들이 더 받아들이지 못하는 건 불편함이다. 의견이 충돌해서 생기는 불편함, 같은 편이 아니라서 발생하는 어색함을 견딜 수 없는 것이다. 부모 형제는 물론 교사와 학생, 팀장과 팀원, 대통령과 국민이 서로 사실과 의견을 구분해서 말하고 합리적인 주장을 겸허하게 받아들이는 일상은 불가능할까. 나와 다른 의견을 제시하는 사람의 면면에 따라 우리는 다르게 반응한다. 나이, 직책, 성별은 물론 낯선 사람의 경우 옷차림과 외모 같은 후광효과 때문에 사실을 잘못 이해하거나 왜곡해서 받아들인다.

사람은 누구나 서로 다른 영역에 비중을 두며 가치 있다고 판단하는 영역도 다르다. 종교는 물론이고 정치적 신념과 삶의 지향점도 제각각이다. 서로 다른 생각을 가감 없이 드러내고 장단점을 살피며 협의하는 문화가 미래를 위해 필요한 태도다. 가정과 학교, 사회에서 치열한 토론이 계속돼야 한다. 더 나은 세상, 더 나은 삶을 위한 변화를 위해 사실을 확인해보자. 합리적 근거로 사물과 사건을 판단하고 이성적 태도로 상대방의 이야기에 귀 기울여보자. 미래에는 감성과 이성의 조화를 이룬 사람이 필요하다. 독서는 바로 이런 사람에게 빛을 주는 준비운동이다.

헥터 맥도널드는 팩트에 관한 세 가지 유형의 사람을 제시한다. 첫 번째 '옹호자advocate'는 건설적 목표를 달성하기 위해 경합하는 진실 중에서 어느 정도 정확한 현실 인식을 만들어내는 진실을 선택하는 사람이다. 두 번째 '오보자misinformer'는 악의는 없지만 경합하는 진실 중에서 의도치 않게 현실을 왜곡하는 진실을 퍼뜨리는 사람이다. 세 번째 '오도자misleader'는 잘못된 현실 인식을 만들어낼 것을 알면서도 일부러 그런 내용의 경합하는 진실을 적시하는 사람이다.[3] 옹호자가 될 것인지 오보자나 오도자가 될 것인지는 선택이 아니라 자신의 판단 능력과 태도에 달렸다. '나'를 위해 갖춰야 하는, 미래를 준비하는 독서의 중요한 덕목은 사실을 확인하고 사실과 의견을 구분하는 능력이 아닐까.

──────── 서로 다른 상식, 각자의 팩트

'무지'보다 무서운 건 잘못된 인식에 대한 '신념'이다. 런던의 정책 연구소장인 바비 더피는 틀린 사전 지식에 의지하고, 자기가 받은 질문이 아닌 엉뚱한 질문에 대답하고, 여러 척도를 잘못 비교하고, 빠른 사고에 의존하고, 우리가 세상을 바라보고 생각하는 방식에 감정이 어떤 영향을 미치는지를 간과하는 것이 우리가 매일 마주하는 인식의 위험이라고 말한다.[4] '인식의 위험'은 인간과 세계를 바라보는 잘못된 프레임이다. 물론 그보다 위험한 건 그것이 진실이고 정답이라는 '신념'을 갖는 일이다. 통계학자이자 의사인 한스 로슬링은 우물 안에 계속 갇혀 살기보다 올바르게 사는 데 관심이 있다면, 세계관을 흔쾌히 바꿀 마음이 있다면, 본능적 반응 대신 비판적 사고를 할 준비가 되었다면, 겸손함과 호기심을 갖고 기꺼이 감탄하고자 한다면 사실에 근거한 세계관이 필요하다고 충고한다.[5] 내가 아는 세상, 믿고 싶은 진실은 때때로 뒤통수를 친다. 의심하고 질문하는 태도는 의식적 노력이 필요해서 어렵고

읽기의 미래

불편하다. 그러나 손바닥만으로 하늘을 가리고 살 수는 없지 않을까. 푸른 하늘도 때때로 회색빛이고, 흰 눈을 쏟으며 검은 구름으로 뒤덮이기도 한다. 무지는 말 그대로 '알지 못함' 또는 '익히지 못함'을 뜻한다. 하지만 잘못된 인식은 현실을 완전히 오해한 것이다. 미국 다트머스 대학의 정치학 교수 블랜든 나이한은 "잘못된 인식이 무지와 다른 점은, 사람들이 굳은 확신을 품고 자신의 신념을 고수하며, 스스로 잘 알고 있다고 생각한다는 것"이라고 말한다. 반성적 사고, 자신에 대한 성찰이 부족하면 우리는 무식한 사람이 아니라 위험한 사람이 될 수도 있다. 끊임없이 생각하고 공부하지 않으면 잘난 척하는 헛똑똑이가 되기 쉽다. 높은 학력, 선망하는 직업을 가진 사람의 생각과 행동도 이런 함정에 빠지기 쉽다. '타인의 말을 믿지 말고 행동을 보고 판단하라', '냉소주의자가 아닌 회의주의자가 되라', '극단적 사례에 휘둘리지 말라', '필터 없이 세상을 보라'는 말에 숨은 의미를 되새겨볼 때다.

책을 읽거나 사고 훈련을 하지 않아도 사람들은 자신의 판단과 선택을 '옳다'고 생각한다. 사실을 구별할 수 있으며 가짜뉴스에 속지 않는다는 확신의 함정에 빠진다. 그러나 다양한 심리 실험과 설문 조사 결과, 인간은 인종, 학력, 직업, 성별, 종교와 상관없이 자주 체계적으로 틀린다. 우리가 실수투성이며 불합리하고 오류가 많은 존재라는 사실은 분명하다. 그러나 대체로 사람들은 이 사실을 인정하지 않는다. 누구나 상식적으로 생각해보라고 입버릇처럼 말하지만 사람들의 상식은 제각각이다. 그 상식은 근거가 부족하며 확인되지 않은 사실인 경우도 많다. 그래서 니체가 "사실은 없다. 다만 해석이 있을 뿐!"이라고 힘주어 말했는지도 모른다.

독서는 타인을 판단하기 전에 자신을 성찰하는 과정이다. 책을 읽는 동안 자신의 욕망, 성격, 취향, 목표, 가치를 점검할 수밖에 없다. 소설의 등장인물에 감정을 이입하거나 에세이를 쓴 사람에게 공감한다. 사회학자의 비판적 시선에 동의하며 과학자의 설명에 고개를 끄덕이고 화가의 그림에 감탄하는 과정에서 자신의 감정과 취향과 신념을 돌아보게 된다. 시, 소설, 에세이를 즐기는 사람이라 할지라도 다양한 분야의 독서를 통해 객관적 사실과 상식을 점검한다. 폭넓은 독서만큼 시야를 넓히는 좋은 방법이 또 있을까. 서로 다른 관점에서 사건과 사물을 바라보면 새로운 깨달음을 얻는다. '나와 다른 그들은 왜?'라는 질문은 인간을 겸손하게 만든다.

'신념이 가득한 사람보다 의심이 가득한 사람을 신뢰한다'는 어느 소설가의 고백은 서로 다른 진실을 믿는 시대를 살아가기 위한 지혜가 아닐까. 의심하고 질문하고 끝없이 고민하는 과정이 독서다. 책은 하나의 주장이며 한 사람의 생각일 뿐이다. "영원한 건 절대 없어"라는 어느 아이돌 가수의 삐딱한 노래는 비판적 관점에 대한 기막힌 은유가 아닐까. 사랑도 명예도 이름도 남김없이 의심하고 질문하며 살아야 그나마 객관적 진실에 한 걸음 다가갈 수 있다.

손에 든 스마트폰과 책상에 놓인 PC에 접속하면 이용자 맞춤식 정보가 제공되어 특정 정보만 접하게 되는 '필터 버블filter bubble' 현상이 벌어진다. 정치적 대립 상황에서 자주 사용되는 확증 편향과 유사한 '에코 챔버echo chamber 효과'는 자기 생각과 일치하는 정보만을 믿고 공유함으로써 자신의 신념을 강화하는 현상을 말한다. 책은 만병통치약이 아니며 독서는 지고지순한 삶의 태도가 아니다. 하지만 적어도 다른 의견을 가질 권리를 인정하고 나만 옳다는 오만에서 벗어나려면 독서가 필요하다.

너의 사실과 나의 진실 사이에서

살인과 절도죄로 기소된 카튜샤가 상인 스멜리코프에게 하얀 가루약을 먹인 일은 부정할 수 없는 사실이다. 배심원석에서 그녀를 다시 보게 된 네흘류도프는 과거의 기억을 떠올리며 심장이 멎는 듯하다.[6] 톨스토이의 『부활』에서 벌어진 사건은 변함없는 사실이다. 그러나 문학적 진실은 법정에서 다루는 사실 너머에 존재한다. 우리는 종종 객관적 사실과 주관적 진실 사이에서 길을 잃는다. 하나의 이야기에는 호기심과 재미를 느끼게 하는 요소와 다양한 관점이 들어 있다. 누구의 시선이냐에 따라 이야기는 전혀 다르게 전개될 수도 있다. 이야기, 즉 스토리에는 시작과 끝이 있고 상황과 맥락에 따라 사건에 대한 해석과 분석이 달라질 수 있기 때문이다. 현실에서도 그렇지 않은가. 선악의 기준, 윤리적 잣대가 흔들리기도 하고 '내로남불'의 상황에 처하기도 한다.

독서는 좀 더 나은 삶을 위한 행위가 아닌가. 문학이 우리에게 주는 해석의 다양성은 그 자체로 다양한 인간 군상의 삶에 대한 이해이며 사실 뒤에 숨은 진실 찾기다. 법정에 서기까지 카튜샤의 삶이 어떠하든 행위 자체에 대한 형벌과 법의 판단이 달라질 수는 없다. 하지만 톨스토이의 입을 통해 듣는 제정 러시아의 시대 상황, 토지문제, 교회와 종교인에 대한 비판은 카튜샤의 '죄'를 다른 관점으로 보게 한다. 나아가 타인의 생각과 행동에 대한 이해는 물론 사회 전반에 뿌리내린 부조리를 생각해보게 한다. 이를 통해 현실을 돌아보고 더 나은 세상을 위해 고민한다면 문학은 시간과 공간을 넘어 보편성을 갖게 된다. 인간의 삶은 이러한 노력을 통해 조금씩 미래를 향해 나아간다.

비문학 책도 인간, 자연, 예술에 대한 호기심과 구체적 탐구 과정을 담는다. 객관적 사실을 검증하고 작가의 생각을 보탠 책을 읽으며 누군가는 깨달음을 얻고 또 누군가는 반감을 갖는다. 인간의 심리나 사회적 쟁점을 다룬 책들은 더욱 그렇다. 개별 독자가 같은 책을 읽고 다른 반응을 보이는 건 자연스러운 현상이다. 그 안에서 객관적 사실을 확인하고 주관적 진실을 찾기 위해 고민하는 과정이 책을 읽는 사람의 바람직한 태도다.

이것이 정답이라고 외치는 사람과 비법을 알려주겠다는 유혹에서 벗어날 수 있다면, 독서는 여전히 정확하고 사려 깊은 조언을 구하는 방법이다. 객관적 사실을 확인하려는 노력과 진실에 대한 깨달음이 독서의 첫 번째 단계라면, 내가 추구하는 진실에 대한 고민이 독서의 두 번째 단계. 앎은 삶을 위해 필요한 도구에 불과하다. 어떤 미래를 꿈꾸고 준비하는지에 따라 자신이 알고 싶은 세계가 결정된다. 사실이 어떠하며 그 이면에 숨은 진실이 무엇인지를 판단하는 일은 그다음이다.

올더스 헉슬리는 "사실은 무시한다고 사라지지 않는다"라고 말했다. 사회적 진실은 대개 권력이 결정한다. 아니 권력은 팩트를 바꾼다.[7] 권력은 사실을 왜곡하고 다수의 삶을 참담하게 할 수도 있다. 우리는 최소한 속임수에 넘어가 거짓 정보를 믿게 되는 사람으로 살지 않기 위해서라도 사실과 의견을 구별하는 능력을 길러야 한다.

우리는 미디어와 정치인에 속아 현실을 바로 보지 못할 때가 많다. 하지만 사실보다는 자기가 원하는 대로 생각하고 믿고 싶은 대로 세상을 판단함으로써 자신을 속일 때가 많다. 우리에게는 입맛에 따라 사실을 이용하려는 욕구가 있으며 이 충동에 저항하는 일은 생각보다 쉽지 않다. 우리가 보고 듣는 이야기에 왜곡된 사실이 결합되면 자기만의 판단 기준이 생기고 신념이 만들어진다. 그것이 정치적·사회적 신념이든 종교적 믿음이든 크게 다르지 않다. 해석의 문제를 선악과 가치 판단의 문제로 확대할 때도 있다. 나를 위한 읽기 능력은 맹목적 독서가 아니라 객관적 사실과 주관적 진실의 차이를 생각해보는 데서 출발하는 것이 좋다. 진실의 몸통을 포획하기 위해 사실성의 씨줄에 개연성의 날줄을 엮어보는 건 어떤가.[8]

정보와 지식을
재구성하는 능력

_____ 폭발적으로 늘어난 정보와 지식의 양

새로 산 블루투스 이어폰의 사용 설명서부터 프랑스 철학자 장 보드리야르의 시뮬라시옹Simulation까지, 우리가 살면서 접하는 지식과 정보는 생존에 필수 요소인 경우가 많다. 그것이 실용적이든 철학적이든 새로운 사물과 개념에 호기심을 느껴 관찰하고 학습한다. 라면 레시피부터 우라늄 농축 기술까지 모든 지식과 정보는 한곳에 머물지 않고 어디론가 흘러간다. 랜선을 통해 실시간으로 친구들에게 전파할 수도 있다. 그들은 검증하고 확인하며 각자의 생각과 경험을 보탠다. 이런 현실을 어떻게 받아들이느냐에 따라 각자의 독서 방법과 태도가 결정된다.

컴퓨터의 정보 처리 과정은 인간의 학습 과정을 닮았다. 우리는 오감을 통해 경험(입력)하고 생각(정보 처리)한 후에 행동(출력)한다. 직접경험 외에 독서, 인터넷 등을 통한 간접경험의 세계도 넓고 크다. 그러다 보니 정보 처리에 과부하가 걸린다. 지식과 정보의 양이 부족하던 과거와 달리 이제는 지식과 정보에 대해 깊이 생각할 시간과 여유가 부족하다. 기존의 지식과 경험은 정보 처리에 영향을 미치고 그에 따른 실천 결과는 다시 새로운 정보로 입력되는 순환 고리가 형성된다.

이 과정에서 두 가지 문제가 발생했다. 첫째는 폭발적으로 증가한 지식과 정보에 대한 필터링이 불가능하다는 점이고, 둘째는 주체적인 정보 처리 능력의 부족이다. 인터넷이라는 신의 선물 혹은 괴물의 등장으로 가짜뉴스, 거짓 정보도 함께 증가했다. 지식의 생산, 전파, 재생산 속도가 검증, 확인 속도를 추월한 지 오래다. 새롭게 쏟아지는 엄청난 양의 지식과 정보를 선별하고 판단하는 능력이 요구되는 시대다. 양적인 면에서 개인이 접근하고 활용할 수 있는 지식과 정보의 총량은 지식인이나 전문가와 다름없다. 그러나 질적인 면에서는 차이가 크다. 따라서 주체적인 정보 처리 능력이 자기 미래를 좌우한다고 해도 과언이 아니다. 앞으로 읽기는 바로 이런 능력을 기르는 데 집중돼야 한다.

구분은 일정한 기준에 따라 전체를 몇 개로 나누고, 분류는 종류에 따라서 가르는 것을 말한다. 상위 개념(유개념)에서 하위 개념(종개념)으로 나누어가는 것이 '구분'이고, 유개념의 외연에 포함된 종개념을 명확히 구분하여 체계적으로 정리하는 것이 '분류'다. 쉽게 이해하자면 구분은 탑다운top-down 방식이고 분류는 바텀업bottom-up 방식이다. 분석과 종합도 비슷한 구조로 이해할 수 있다. 매일 접하는 정보를 정확하게 구분하고 분류할 수 있는가. 분석과 종합이 가능한가. 이 질문은 전문가의 영역에만 속하는 게 아니다. 어떤 분야에서 일하든 늘 해야 하는 일이다.

책은 하나의 거대한 구조물이다. 조각난 미확인 정보와 차이가 크다. 문학이든 비문학이든 작가는 한 권의 책을 통해 하나의 세계를 구축한다. 정교한 설계도, 좋은 재료, 꼼꼼한 점검, 깔끔한 마무리는 훌륭한 건축을 위한 기본 요소다. 좋은 책도 이와 같다. 작가의 태도와 역량에 따라 품질이 결정된다. 좋은 책을 고르는 나름의 안목도 중요하지만 모든 책은 개별 독자에게 조금씩 다른 의미로 전달될 수 있다는 사실을 우리는 잘 알고 있다.

새로운 지식과 정보를 구분하고 분류하며 해석하고 종합하는 과정이 진정한 독서의 즐거움이다. 스스로 선택한 분야의 책을 읽으며 자신의 스키마와 결합하는 독서는 수많은 지식과 정보가 범람하는 시대를 살아가는 생존 전략이다.

직간접으로 얻은 수많은 정보를 체계적으로 처리하고 소화하려면 정교한 사고가 필요하다. 이를 위해 책을 읽으며 내용을 이해하고 분석하는 훈련보다 더 적합한 방법이 있을까. 스스로 정리하고 판단해서 새로운 의미를 생성할 수 있다면 더할 나위 없이 좋다. 아무리 좋은 책이라도 타인의 생각과 느낌을 빌려 내 머리를 채울 수는 없다. 제대로 소화해서 피가 되고 살이 되는 읽기를 하려면 스스로 생각하고 판단하며 끊임없이 질문하는 과정을 거쳐야 한다. 기존의 정보는 제대로 분류되어 있는지, 새로운 지식은 어떻게 해석할 수 있는지 살펴보는 비판적인 태도가 중요하다. 이것이 디지털 텍스트가 넘치는 정보의 바다 인터넷에서 일등항해사가 되는 지름길이다.

_____ 다양한 분야의 지식과 정보

'객관' 혹은 '중립'은 가능한가. 수학적 개념을 떠나 우리가 사는 세상에서는 객관적인 사람, 중립적인 태도가 불가능하다. 발언자가 어디서 바라보느냐에 따라 고개를 돌려보면 왼쪽은 좌파, 오른쪽은 우파다. 그런데 묘하게 극우는 극좌와 겹친다. 말하자면 하나의 원을 이뤄 강강술래를 하듯 손을 맞잡고 빙글빙글 제

읽기의 미래

자리를 돈다. 둥근 원 위에서 여기가 중립이라고 외칠 수 있을까. 철저하게 통제된 실험실의 표본조차 실험자의 선택이 개입한다. 주관主觀이 완전히 배제된, '자기와의 관계에서 벗어나 제삼자의 입장에서 사물을 보거나 생각'한다는 사전적 의미의 객관客觀은 현실에서 가능하지 않은 태도다. 제삼자는 누구이며 어떤 입장에 있는가. 입장을 바꿔보는 태도가 객관인가. 수학적인 의미에서 나를 제외한 모든 사람이 가진 생각의 평균이 객관일까. 그런 일은 현실에서 불가능하지 않은가.

픽션은 주관적이며 논픽션은 객관적일까. 문학은 대체로 감성과 직관의 세계를 다룬 파토스pathos의 영역이며, 비문학은 이성과 논리의 세계를 다룬 로고스logos의 범주에 속한다. 주로 우뇌를 자극하는 예술적 감수성은 '감정'에 호소한다. 이에 비해 좌뇌가 담당하는 '이성'은 과학과 수학의 영역인 합리적·추론적 사고에 의지한다. 우리는 스스로 호모 사피엔스라 명명해도 감정이라는 본능에서 벗어날 수 없는 한계를 안고 산다.

흔히, 책을 읽는다고 하면 소설을 떠올리는 사람이 많다. 독서가 곧 문학 읽기라는 의미로 통용될 때도 있다. 하지만 '읽는다'는 의미는 그렇게 간단하지 않다. 현실에서 벗어나 쾌락원칙을 충족한 스토리에 매료되는 욕망이 우리를 문학의 세계로 이끈다. 더불어 최초의 독서 경험은 문학인 경우가 많다. 어린 시절 할머니가 들려

주신 옛날이야기, 누군가 읽어준 동화책, 교과서에 실린 소설, 일기장에 옮겨 적은 서정시 등이 모두 여기에 해당한다. 이야기의 재미에 눈뜨고 텍스트를 읽는 행위에 익숙해지는 생애 최초의 경험이다. 추상적인 개념을 이해하고 문자라는 상징체계를 습득하는 과정은 놀랍기만 하다. 한 인간이 상상과 추론의 세계로 진입하며 진정한 사피엔스로 거듭나기 때문이다.

재밌는 이야기를 즐기던 아이들은 현실과 부딪치며 조금씩 상상력을 잃고, 독서는 지긋지긋한 교과서와 연상 작용을 일으켜 부정적 인식을 형성한다. 객관식 정답을 찾는 모든 시험은 독서의 본질과 정면으로 배치된다. 문학작품에 대한 이해와 감상 수준을 상대평가로 측정할 수 있을까. 책을 읽은 후에 어떤 감정을 느꼈는지, 책 내용에 대해 어떻게 생각하는지 나누고 토론하는 기쁨을 계량화할 수는 없다. 지식과 정보의 양을 측정하기 위해 치르는 각종 시험과 다양한 분야의 자격증 취득을 위한 모든 공부는 나름의 기능이 있겠으나 책을 멀리하게 하는 중요한 계기가 될 수도 있다.

수전 손택은 "해석은 지식인이 세계에 가하는 복수다"[9]라는 말로 문학에 대한 해석을 반대했다. 작가와 작품을 해석하는 행위는 주관적 번역에 불과하다. 이는 문학비평에 대한 비판이 아니라 책을 읽는 태도에 대한 반성에 가깝다. 문학, 즉 시와 소설 그리고 에세이를 읽는 사람들의 즐거움은 지극히 사적인 영역이다. 이는 객관화될 수 없고 비교할 필요도 없는 능력이다. 객관식으로 주어진 문제의 정답을 찾고 점수로 표시되는, 학교 교육 과정의 개선이야 말로 부정적 독서 경험을 치유하는 첫 번째 단계다.

다음으로 문학을 넘어서려는 독자의 노력도 중요하다. 소설로 대표되는 문학뿐 아니라 다양한 호기심을 비문학 분야의 독서에도 적용해보면 어떨까. 책을 읽는다는 성인 중 문학작품만 읽는 독자의 비율은 얼마나 될까. 세계 인식의 또 다른 축은 픽션이 아닌 논픽션의 세계다. 철학과 역사는 물론이고 사회, 경제, 과학, 수학, 예술 등 폭넓은 분야에 대한 관심은 독서의 즐거움과 효과를 배로 늘려준다. 인터넷을 통해 지식과 정보가 일반화되고 있으며 각각의 영역을 깊이 들여다보는 세분화 현상도 계속된다. 하지만 독서를 통해 전체를 통찰하고 해석하며 상황과 맥락을 들여다보는 거시적 안목을 기르는 사람은 많지 않다.

미래에는 어느 분야에서 어떤 일을 하든 개인의 주체적 판단 능력이 일의 성패를 좌우할지도 모른다. 그것은 주관의 영역을 강화해야 한다는 의미가 아니라 자기 생각을 객관화할 수 있는 능력을 말한다. 지식과 정보를 수용하고 정확히 해석하며 추론할 수 있는 능력이 필요한 시대다. 주체적 판단력은 인공지능과 구별되는 인간의 특징이다. 비판적 사고를 통한 합리적 선택을 위해 스스로 생각하는 능력이 더 절실해지는 상황이다. 문학을 넘어 다양한 분야의 지식과 정보를 선택적으로 수용하고 주체적으로 재구성하며 끊임없이 업데이트하는 습관을 길러보는 건 어떨까.

_____ 지식의 확대와 재생산

1919년 3·1 운동, 1948년 제주 4·3 사건, 1950년 6·25 전쟁, 1961년 5·16 군사 쿠데타, 1980년 5·18 민주화운동, 1997년 12·3 IMF 구제금융, 2017년 3·10 대통령 탄핵. 구중궁궐이나 청와대에서 벌어진 정치적 사건이 아니라 우리가 숨 쉬며 살아가는 일상의 공간에서 벌어진 역사를 잠시 떠올려보자. 각 사건을 인터넷 포털 사이트에서 검색하면 우리가 익히 알고 있는 일들을 다시 확인할 수 있다. 3차 산업혁명 이전 시대라면 전문가에게 묻거나 도서관에 가 자료를 찾고 책을 뒤적이며 알아봐야 할 내용을 이제는 누구나 몇 번의 인터넷 검색만으로 정확한 사실을 알 수 있다. 그때 그곳에선 무슨 일이 벌어진 걸까.

현기영의 『순이 삼촌』을 읽고, 영화 〈택시운전사〉(2017)를 본 사람은 제주 4·3 사건과 5·18 민주화운동을 어떻게 생각할까. 2017년 대통령이 탄핵당하는 초유의 사태를 지켜본 사람들에게 국가란 어떤 의미인가. 인터넷은 개별적 경험과 다양한 문화 체험을 파편적이고 일반적인 정보로 환원한다. 역사적 사건에 대한 사실 확인은 물론이고 다양한 관점에서 비판적으로 성찰하는 일은 물리적 시간이 요구된다. 유튜브와 인터넷 검색으로는 조각난 지식과 정보를 얻을 수밖에 없다. 그렇다고 해서 해당 분야의 책 한 권을 읽는 것만으로 해결되지도 않는다. 인간은 인공지능보다 정보 처리 속도가 느리고 저장 용량이 작지만 무한한 상상력을 가진 존재다. 그러니 깊고 넓게 읽고 열린 마음으로 생각하는 시간이 필요하다.

앞에서 예로 든 사건은 소설, 영화뿐 아니라 역사, 사회, 심리, 경제, 문화 분야의 책을 읽을 때도 계속 마주치게 된다. 서로 무관한 분야의 책에서 다루는 사건의 실체가 조금씩 다르게 읽히며 개별 독자의 생각을 바꾸기도 한다. 학문의 깊이에 따라 자신의 전문 영역이 생기듯 다양한 분야에 대한 꾸준한 독서는 폭넓은 관점과 거시적 안목을 갖출 수 있는 최고의 방법이다.

책을 읽는 사회는 성숙하고 안정적인 공동체를 이룬다. 각종 미디어를 통해 귀가 없고 입만 살아서 자신이 옳다고 주장하며 상대방의 말을 듣지 않는 사람을 우리는 매일 접한다. 정치인뿐만 아니라 일상에서도 마찬가지다. 나의 이익이 우리의 미래와 배치될 때가 있다. 공동체에 손해가 되더라도 이기적인 욕망을 채우고 싶을 때도 있다. 이럴 때 독서는 타인을 이해하고 서로 다른 생각을 조율

하는 데 많은 도움을 주며 열린 사고와 미래를 위해서도 필요하다.

부동산 투자 비법을 다룬 책을 예로 들어보자. 나의 관심사와 개인적 이익을 위해 합법적인 방법으로 투자하고 수익률을 높이는 행위를 자본주의 사회에서 함부로 폄하할 수는 없다. 오히려 투자에 성공한 사람들을 부러워한다. 그러나 공동체 입장에서 이러한 태도는 우리의 삶을 피폐하게 한다. 삶의 가치가 무너지고 타인을 불행하게 할 가능성도 있다. 나의 미래를 위한 독서는 이러한 지식과 정보를 누구보다 빠르고 정확하게 입수하는 데 그 목적을 두어야 할까. 경제학의 기본 개념, 정부의 역할, 복지 국가, 북유럽 관련 모델에 관한 책을 읽고 정부 정책, 토지 공개념, 세습과 상속에 대한 이해를 높이는 일이 나의 삶, 나의 미래를 위해 더 나은 방법이 아닐까.

부동산과 재테크에 관심이 있다면 경제 분야의 책을 꾸준히 읽는 편이 낫다. 자본주의 시스템을 이해하고 흐름을 파악하는 게 더 나은 삶을 위한 방법이다. 자본주의의 역사를 살펴보면 미국과 유럽의 차이, 각각의 장단점을 알 수 있다. 케임브리지 대학 장하준 교수의 『국가의 역할』(부키), 파리경제 대학 토마 피케티 교수의 『21세기 자본』(글항아리)을 읽어보면 우리가 사는 대한민국의 자본주의 현실이 조금 달리 보인다. 어디를 바라보는지, 무엇을 위한 일인지에 따라 걷는 길이 바뀐다. 목적지가 바뀌면 가는 방법도 달라진다.

　조각난 지식과 정보를 통합하고 나만의 데이터로 축적하는 비법은 아무도 알려주지 않는다. 관심 분야에 대한 폭넓은 독서와 질문의 시간을 통해 스스로 깨닫게 된다. 이미 잘 알려진 지식과 정보에 개인의 데이터를 결합하고 그것이 다시 새로운 지식과 정보를 생산하는 과정이 자신의 미래를 위한 독서 방법이다. 한순간도 제자리에 머물지 않고 살아 있는 유기체와 같이 다양한 지식과 정보를 결합하고 확장하고 재구성하는 과정이 필요하다.

현실을 판단하고
비판하는 능력

_____ 비난도 비판도 아닌 비판

오랜 습관은 관습이 된다. "전례가 없는 일이다." "관례대로 했을 뿐이다." 불법과 합법의 경계에 선 사람들이 자주 이렇게 항변한다. 무슨 일이든 하던 대로 하는 게 편하다. 바꾸면 어색하고 불편하다. 생각은 관심과 의문을 바탕으로 한 의식적 노력이다. 자신의 공부 방법, 업무 스타일, 생활 습관은 쉽게 바뀌지 않는다. 관습적 사고에서 벗어나 변화를 시도하려면 성찰과 각성이 필요하다. 외부로 돌린 시선도 중요하지만 진정한 변화는 현재의 자신을 돌아보는 데서 시작된다. 자신의 시선이 어디에 머무는가, 무엇을 향해 걷고 있는가. 반복된 습관은 한 인간의 특성을 만들고 운명을 결정한다. 점성술, 명리학에 자기 운명을 묻는 대신 과거와 현재의 습관, 행동 패턴을 살펴보면 미래가 보인다. 인간의 생각과 행동은 관성적으로 반복되기 때문이다.

외부 세계에 대한 비판적 시선은 연습이 필요하다. 사물과 사건, 타인과 세상을 어떻게 볼 것인가. 사람들은 각자 나름의 관점으로 타인을 평가하고 사회를 바라본다. 사람마다 판단 기준이 있고 그 기준도 개별적 경험에 따라 서로 차이가 있다. 프랑스의 사회학자 피에르 부르디외의 말대로 경제 자본뿐 아니라 상징 자본과 문화 자본에 따라 각자의 기준과 관점이 결정된다. 시간이 흐르고 세상은 변한다. 한 인간의 육체도 생각도 한곳에 머물지 못한다. 이 과정에서 자기 생각과 기준이 더욱 단단해지는 사람이 있고, 새로운 변화를 받아들여 자기 생각과 행동의 기준을 바꿔나가는 사람도 있다. 물론 개인의 이익과 욕망이 우선이겠으나 모든 일을 그 기준에 맞춰 선택하고 판단할 수는 없다.

비판적 관점은 변화와 성장 그리고 미래를 위해 꼭 필요한 태도다. 우리는 흔히 '비판'이라는 말에서 부정적 뉘앙스를 읽어낸다. 어른들의 말씀, 선생님의 가르침에 순종하며 '착한 아이' 콤플렉스에서 벗어나지 못하면 성인이 된 후에도 선배, 직장 상사, 기득권 세력의 생각과 행동에 동조하려는 현상이 발생한다. 의심과 질문이 없는 삶은 노예와 다르지 않다. 어린 시절 부모님의 말씀, 학창 시절 선생님의 가르침, 직장 선배와 상사의 경험을 그대로 따라야 할까. 그들의 생각과 경험이 현재와 미래에도 정답일 수는 없다. 비판적 안목 없이 맹목적으로 순종하는 사람이 미래 사회의 리더가 될 수는 없을 것이다. 나를 위한 미래는 비판적 관점으로 모든 것을 의심하는 데서 시작하는 것이 좋다.

비난과 비판은 '아니다'라는 뜻의 '비非' 자를 쓰지만, 비판은 '비평하다, 바로잡다'라는 의미의 '비批' 자를 쓴다. '批' 자는 '手(손 수)' 자와 '比(비교할 비)' 자가 결합한 모습이다. '比' 자는 두 사람이 나란히 서 있는 모습을 그린 것으로 '비교하다'라는 뜻이다. '판判' 자는 '판단하다, 구별하다'라는 뜻으로 '半(반 반)' 자와 '刀(칼 도)' 자의 결합이다. '半' 자는 소머리에 '八(여덟 팔)' 자를 그려 넣은 것으로 '나누다'라는 뜻이며, 사물을 나누어 내면을 들여다본다는 의미다. 비판 정신의 본질은 진실이며, '개선, 혁신, 성장'으로 나아가는 전제 조건이다.

비판하지 않고 문제를 발견할 수는 없다. 문제가 없다는 건 비판적 관점의 결여를 의미한다. 세상에 완벽한 사람, 완전한 사회가 존재할까. 스스로 성찰하고 비판적 관점으로 세계를 바라보는 능력은 하루아침에 길러지지 않는다. 어떤 책을 읽고 무슨 공부를 했는지가 아니라 방법과 태도가 중요하다. 대상을 관찰하고 문제를 파악하는 능력은 꾸준히 자기만의 독서를 하는 사람에게 주어지는 선물이다.

예를 들어, 자본과 권력으로 인한 한국인의 모멸감을 비판적으로 다룬 김찬호의 『모멸감』(문학과지성사)은 비판적 관점의 중요성을 다시금 일깨워준다. 미래를 위한 독서는 그 누구도 아닌 자신이 주인공이 되는 삶을 준비하는 꿈이다. 이기주의자가 아닌 행복한 개인주의자로 사는 사람은 자연스레 타인과 세상에 대해서도 여유 있는 태도를 보인다. 사적 이익을 위한 불만과 비난이 아니라 합리적이고 비판적인 상상력이 우리가 바라는 독서의 선물이다.

_____ 변화와 대안을 위한 비판적 상상력

"세상에는 두 가지 종류의 사람이 있다. 눈 덮인 겨울에 소백산 천문대에 가본 사람과 그렇지 못한 사람." 이런 방식의 장난스러운 농담은 웃어넘길 수 있다. 하지만 흑백논리로 세상을 보는 사람이 의외로 많다. 빈부, 남녀, 좌우는 물론 점수, 외모, 종교, 고향으로 사람을 구별한다. 아니 차별한다. 차이와 차별은 태도의 문제다. 당신은, 아니 우리는 어떤 프레임으로 타인과 세상을 바라보는가.

자신의 프레임을 점검하는 일은 독서와 무관하게 삶의 목표와 가치에 대한 성찰이다. '속도보다 방향'이라는 충고는 식상하지만 새겨들을 만하다. 무엇을 향해 어디로 가고 있는가. 그것은 왜 중요하며 어떤 의미가 있는가. 비판적 관점으로 자기 삶을 평가하는 시간은 반드시 찾아온다. 지치고 힘들 때는 물론이고 인생이 허무하고 지겨울 때도 있는 법이다. 변화는 지금, 여기 머물지 않겠다는 선언이 아니라 생활의 재발견이다. 개인적인 실패, 좌절, 고통, 불행의 근원을 점검하는 일도 중요하고 세상에서 벌어지는 일에 대한 관심도 중요하다. 변화를 시도하고 대안을 고민하지 않는다면 우리는 제자리에서 오리 배의 헛도는 페달을 밟는 사람과 다름없다.

세상에는 책을 읽는 사람과 읽지 않는 사람이 있다. 세계 10대 출판 강국인 대한민국이지만 만든 책이 전부 팔리는 건 아니다. 출판된 책의 절반쯤 팔리고 팔린 책의 절반쯤 읽히고 읽힌 책 중 절반쯤 이해되고 이해된 내용의 절반쯤만 삶에 적용되고 실천에 옮겨진다. 독서는 그만큼 어렵고 힘든 과정을 거쳐 독자의 삶에 아주 작은 영향을 준다. 그러나 그 영향은 다른 어떤 경험보다 강렬하다. 전공과 직업을 선택하는 결정적 요인이 되기도 하고, 타인과의 관계, 일상생활의 태도에도 변화를 준다. 책을 읽는 사람이 그렇지 않은 사람에 비해 훌륭하다거나 착하다고 할 수는 없다. 다만, 독서를 통해 인간은 끊임없이 내적 성장을 이어간다. 나이, 직업, 성별, 종교,

빈부를 초월해서 자기 삶의 주인공으로 거듭나며 인생이 충만해지는 경험을 얻는다.

긍정적 독서 경험을 통한 자기 변화는 자연스럽게 일상을 바꾼다. 갑자기 직업을 바꾸고 하루아침에 잘못된 습관이 고쳐진다는 말이 아니라 자기 일과 생활을 점검하게 된다는 뜻이다. 비판적 관점은 타인과 세상에 대한 날카로운 시선이 아니라 자기 삶을 점검하는 성찰이라는 의미다. 부모와 비혼 자녀로 이뤄진 가족이 정상 가족일까. 누군가는 이혼 혹은 사별을 겪고, 부모의 죽음을 맞이하며, 자식을 먼저 보내기도 한다. 김희경은『이상한 정상가족』(동아시아)에서 전통적인 가족의 의미가 사라진 시대를 들여다본다. 작가는 가정 폭력, 아동 학대, 비혼모, 비혼부 등 사회문제가 아니라 정상 가족과 비정상 가족에 대한 고정관념과 가족이라는 울타리가 개인과 사회에 어떤 영향을 미치는지 점검하는 데 초점을 맞춘다. 우연히 집어 든 책 한 권이 현재 자신의 가족 형태를 점검할 뿐 아니라 미래를 준비하는 기회가 될 수도 있다. 한 권의 책은 때로 자기 삶을 돌아보는 거울이 되고 미래를 내다보는 망원경 역할을 한다.

연애, 결혼, 비혼, 양육, 노후에 대한 고민은 누구나 한 번쯤 한다. 부모, 형제자매, 친구의 문제일 수도 있고 자신이 직면한 문제일 수도 있다. 도리스 레싱의『다섯째 아이』(민음사), 수 클리볼드의『나는 가해자의 엄마입니다』(반비), 엘런 워커의『아이 없는 완전한 삶』

(푸른숲), 시모주 아키코의『가족이라는 병』(살림), 노명우의『혼자 산다는 것에 대하여』(사월의책) 등을 읽으며 작가의 비판적 시선에 공감하거나 의문을 품게 되면 독자의 내면에선 화학작용이 일어난다. 어떤 책을 어떻게 읽느냐에 따라 친구 아들의 비행, 옆집 딸의 비혼주의 선언, 직장 동료의 이혼, 삼촌의 아이 없는 삶을 바라보는 시선이 달라질 수도 있다. 이는 자신의 일상에 변화를 초래하고 미래를 준비하는 태도를 바꾸는 계기로 작용한다.

미래를 위한 독서는 자기 삶을 비판적으로 점검하고 문제를 인식하며 변화를 시도하고 대안을 모색하려는 마음을 갖게 한다. 지금, 이대로, 여기에 머물려는 사람에게 책은 따분하고 지루한 도구일 뿐이지만 대안과 변화가 필요한 사람에게는 우연히 얻은 보물지도가 될 수도 있다. 미래를 위한 대안은 지속적인 관찰과 고민을 통해 얻을 수 있는 아이디어다. 비판적 관점으로 현실의 문제를 살피는 과정에서 자신의 미래는 자연스럽게 그려지지 않을까.

_____ 신중한 선택, 그 후에 남는 것들

자기 삶의 주인으로 산다는 건 타자로부터의 자유를 의미한다. 돈과 권력을 향한 욕망은 경제적으로 넉넉하게 살면서도

읽기의 미래

노예근성을 버리지 못하는 이유다. 성공한 삶, 풍요롭고 여유 있는 생활을 누가 마다하겠는가. 책이 현실을 외면한 채 이상만 추구한다고 오해하는 사람이 많다. 인생의 본질적 가치를 묻고 삶의 목적과 방법을 고민하는 건 누구나 마찬가지가 아닐까. 종교에 귀의하고 멘토의 말을 경청하는 것도 좋지만 깊은 사색과 성찰의 시간을 제공하는 독서는 어떨까.

인간은 누구나 자신을 둘러싼 세계에 관심을 가질 수밖에 없다. 기본적인 생존을 위해서도 필요하고 세속적 성공과 자아실현을 위해서도 그렇다. 인간과 세계를 탐구하는 일은 그 자체로 우리가 살아가는 방법이자 즐거움이다. 찰스 다윈과 리처드 도킨스의 책을 뒤적이며 자신의 생물학적 욕망의 근원을 살피기도 하고, 에른스트 곰브리치와 아르놀트 하우저의 이야기에 귀 기울이며 예술에 탐닉하기도 한다. 무엇을 선택하고 어떻게 살 것인지를 고민한 결과가 현재 자신의 모습이다. 만족스럽지 않을 수도 있고 실패하고 절망할 수도 있다. 원하는 삶을 그대로 실현한 사람은 많지 않다. 조금씩 더 나은 내일을 위해 노력하며 사는 이유와 방향을 고민하는 사람에게 책은 정수리에 들이붓는 찬물 같기도 하고 갈증을 해소해주는 샘물이 되기도 하며 생각의 실마리를 풀어주는 마중물의 역할을 하기도 한다.

책은 우리를 시간의 저편으로 안내한다. 책은 시간의 흐름을 거슬러 조상의 지혜를 가져다준다. 이렇게 해서 도서관은 인류가 이룩한 거대한 지식 체계와 위대한 통찰의 세계를 우리와 연결해주는 고리의 구실을 한다. 도서관이 전해주는 통찰과 지식은 인류의 위대한 스승들이 자연으로부터 숱한 고생 끝에 힘들여 발굴해낸 고귀한 보물이다.[10] 인문학은 물론 과학과 예술까지 인류의 지식과 정보는 대개 시간을 견뎌낸 조상의 지혜를 압축한다. 지금 우리가 실시간으로 접하는 엄청난 정보를 선별하는 기준은 무엇인가. 우리에게 필요한지, 지속성이 있는지, 합리적 근거가 있는지, 객관적 사실인지, 새롭고 신선한지에 따라 다르게 반응해야 하는 게 아닐까. 대체로 이 과정을 통해 나름의 숙성을 거친 읽기 방법이야말로 느리지만 가장 효율적이다.

과학자 칼 세이건은 "수 세기 동안 싹을 틔우지 않은 채 동면하다가 어느 날 가장 척박한 토양에서도 갑자기 찬란한 꽃을 피워내는 씨앗과 같은 존재가 책"이라는 말로 미래를 위한 독서의 중요성에 힌트를 준다. 씨앗이 싹을 틔워 꽃을 피우고 열매를 맺는 데는 물리적인 시간이 필요하다. 독서는 속전속결, 스피드가 승부를 좌우하는 현대사회의 흐름에 부합하지 않는 방법이라고 생각할 수도 있다. 그러나 독서야말로 장기적인 안목으로 보면 주체적인 삶을 위한 가장 좋은 자기계발이며 미래를 준비하는 방법이다.

사람마다 수많은 데이터를 축적한다. 가정, 학교, 사회를 통해 학습한 내용은 물론 직접 보고 듣고 관찰하고 경험한 모든 정보가 한 사람의 정체성을 결정하는 데이터로 누적된다. 라면을 먹어보지 못한 사람이 라면을 먹고 싶다는 욕망이 생길 리 없다. 사회적 욕망은 학습의 결과이기 때문에 개인적 판단과 선택은 노력과 의지에 따라 얼마든지 변할 수 있다. 주체적인 비판 능력은 서로 다른 개인의 생각과 욕망을 넘어 합리적인 근거에 바탕을 둔 사유의 힘이다. 스스로 생각하고 판단하고 선택하는 과정을 비판적으로 인식할 수 있어야 주체적인 사람이다. 우리는 스스로 선택의 기준을 수정하며 멀리 내다보는 안목을 길러야 한다. 내일을 위해 무엇이 필요한지 고민하며 책을 읽는 사람은 오늘을 다르게 산다. 각자 자신의 주변을 돌아보자. 그리고 조금 더 신중하게 생각한 후에 무엇을 할 것인지 선택해도 늦지 않다.

문제를
해결하는 능력

_____ 무엇이 문제인가

오랫동안 몸에 밴 생활 습관을 하루아침에 바꾸는 건
쉽지 않다. 청소, 빨래, 설거지 등 일상적으로 반복하는 일들을 언제
어떻게 하는지는 사람마다 제각각이다. 수십 년간 서로 다른 생활
습관이 몸에 밴 남녀가 한집에 살면서 자기 스타일을 고집하면 갈
등이 생긴다. 대표적으로 청결 문제가 그렇다. 누군가 "청소는 더럽
다고 생각하는 사람이 하면 된다"는 명언(?)을 남겼다. 중립과 객관
의 문제처럼 나보다 더 깨끗한 사람을 만나면 자신은 더럽고 지저
분한 사람이 되는 아이러니가 발생한다. 객관적 기준이 없는 싸움

읽기의 미래

은 옳고 그름을 판단할 수 없다. 두 사람이 절충, 합의하거나 어느 한쪽이 포기해야 일상생활이 유지된다.

예를 들어, 평소 일주일에 한 번 청소하던 사람은 매일 쓸고 닦는 사람이 신기할 따름이다. 3일쯤 지나 한 사람이 화를 낸다. 왜 나만 청소하느냐, 번갈아 하자는 제안을 한다. 4일 후에나 청소를 할지 말지 망설이는 상대방은 이해할 수도 없고 받아들이기도 힘든 요구다. 매일 청소하는 사람은 청결에 '문제'가 발생한 것이다. 자신의 위생과 건강에 심각한 위협을 받으며 다른 일에 집중할 수도 없고 잠도 오지 않을 지경이다.

일상생활뿐 아니라 각자의 업무나 정치와 경제 등 사회문제도 이와 다르지 않다. 문제는 '인식'할 때 발생한다. 관심이 없거나 알지 못하면 문제가 없다. 이는 긍정의 심리학으로 극복되지 않는다. 신혼부부의 청소 문제는 대수롭지 않게 여길 수도 있으나 심각해지면 관계가 깨질 수도 있다. 생각의 차이는 행동으로 나타나고 이는 삶의 가치와 지향점의 차이로 이어질 수도 있다.

독서는 지극히 내밀하고 사적인 행위다. 책을 읽는 동안 우리는 철저하게 타인과 세상을 차단한다. 책에 몰입하는 동안 저자의 말에 집중하고 자신의 감정과 생각에 몰입한다. 책에서 눈을 떼는 순간 넷플릭스의 '일시정지' 버튼을 누른 것처럼 우리는 다시 현실로 돌아온다. 자신의 성향과 욕망을 돌아보고 습관과 태도를 확인하며 미래를 꿈꾸는 시간이 바로 독서를 통해 우리가 얻을 수 있는 즐거움이다. 독서는 '나는 누구인가'에 대한 끊임없는 질문과 그 답을 찾는 과정이라고 할 수 있다.

자신의 고민과 남들의 걱정은 다를 수 있다. 타인의 고통은 쉽게 이해할 수 없으며 공감도 선택적이다. 내 시선은 어디에 머물러 있을까. 취업을 준비하는 친구가 결혼 준비를 하는 친구의 하소연에 공감하긴 어렵다. 직업과 업무가 같아도 사람마다 만족도와 스트레스 정도가 다르다. 이는 다양한 사회문제를 바라보는 데에도 똑같이 적용된다. 입시 제도, 경제 상황, 선거 제도, 대북 정책, 저출산율 문제 등의 원인과 대안은 전문가와 정치인만의 숙제가 아니다. 입시를 준비하는 학생, 취업과 결혼을 고민하는 청년, 부동산 매매를 숙고하는 중년, 노후 대책에 한숨 쉬는 노년의 '문제'는 개인적 문제의 사회화 현상이다. 아니, 사회문제의 개별화 현상이다.

철학적 개념과 사회학 이론을 주워섬기는 책을 들여다보는 건 내 인생에 도움이 되지 않을 거라는 생각은 위험하다. 내 삶의 토대와 뿌리를 찬찬히 들여다보지 않으면서 '문제'를 해결하는 방법은 일시적이고 단편적인 처방에 불과하다. 인문학적 사유는 자기 삶의 문제를 근본적으로 점검하는 일이다. 인공지능 시대와 4차 산업혁명 운운하는 정책과 경제 전망은 내 삶에 어떤 영향을 줄 것인가. 인간은 어떤 존재이며 시대를 불문하고 가치 있는 삶이란 무엇인

가. 유한한 인생과 죽음을 맞이하는 태도는 어떠해야 하는가. 질문의 내용과 크기가 삶의 질과 방향을 결정한다. 미래를 위한 독서는 자기 삶에 대한 문제의식에서 출발해야 한다. 무엇이 문제인지 모르는 사람은 문제가 없는 사람이 아니라 문제를 외면하는 사람이다. 언젠가 감당할 수 없는 문제 상황과 마주했을 때 생각할 힘도 행동할 의지도 없는 자신을 발견하는 일은 슬프지 아니한가.

책을 보면 밥이 나오느냐 떡이 나오느냐고 묻는 냉소적인 사람들이 있다. 독서를 취미와 교양 차원의 우아한 사치라고 생각하는 걸까. 인터넷의 발달로 그물 같은 네트워크 세상에서 사는 우리는 자신의 현실 문제를 인식하기 위해 책을 읽는다. 문제를 인식한 후에는 판단하고 선택한 후 해법을 찾아 실천한다. 그 누구도 아닌 자신의 문제를 인식하고 선택의 범위를 설정하고 행동에 옮기는 과정이 미래를 바꾼다. 휴가지 해변의 선베드sunbed에서 미셸 푸코의 『감시와 처벌』(나남출판)과 조지 오웰의 『동물농장』(민음사)을 읽으며 우리가 사는 세상을 돌아보고 자신의 문제를 살펴보는 일은 매우 현실적인 독서다. 책은 가끔 저자의 의도와 상관없이 독자에게 기발한 아이디어를 주고 문제 해결의 실마리를 제공한다.

자신을 객관화하거나 사회를 바라보는 눈이 달라지면 어떤 문제를 대하는 태도가 바뀐다. 노력과 개선의 여지가 있는 개인적 문제와 자기와 상관없는 사회문제를 명확히 구분할 수는 없다. 독서는 개인의 노력과 태도가 사회문제 해결에 어떤 영향을 미치는지 깨닫게 한다. 이는 타인은 어떤 생각으로 무엇을 위해 행동하는지에 대한 관심으로 이어진다. 사소해 보이지만 우리가 겪는 문제도 긴밀한 그물망으로 연결되어 있다. 다양한 원인과 해법은 그 안에서 찾을 수 있다. 문제의 근본적인 원인을 찾고 대안을 고민하는 일은 독서의 본질에 가깝다. 인생에 정답은 없지만 자기만의 해결책은 스스로 선택하고 결정해야 한다.

_____ 나의 고민과 타인의 문제

　　돈 때문에 고민하던 사람이 "문제는 절대 사라지지 않아. 다만 나아질 뿐. 워런 버핏도 돈 문제, 동네 구멍가게 앞에서 술에 취해 앉아 있는 부랑자도 돈이 문제지. 버핏의 돈 문제가 부랑자보다 사정이 좀 더 나을 뿐이지. 사는 건 다 이런 식이야"[11]라는 말을 선배나 직장 상사에게 들었다면 어떤 기분일까. 가족과 친구에게 들었다면 좀 다를까. 누구나 걱정과 고민을 안고 산다. 그렇지 않다면 생각이 없거나 종교인 수준으로 사는 사람일지 모른다. "한 문제를 해결하면 곧 다른 문제가 잇따르지. 문제없는 삶을 꿈꾸지 마. 그런 건 없어. 그 대신 좋은 문제로 가득한 삶을 꿈꾸도록 해"[12]라는 충고는 누구에게나 해당하지 않을까. 다만 각자의 상황과 개인적인 고민에 맞춰 판단하는 게 좋다. 문제없는 삶은 없다. 우리는 문제를 다루는 방식에 대해 고민할 뿐이다. 삶은 끝없는 문제의 연속이며 이를 해결하는 과정이다. 자기 성향과 기질, 환경과 욕망에 따라 문제로 인식하는 부분이 다르고 이를 해결하는 방식에도 차이가 있다.

개인적인 문제는 가족과 친구 혹은 신뢰할 만한 사람에게 도움을 받거나 스스로 해결한다. 물론 숙고의 과정을 거치지 않고 주변 사람에게 기대거나 남들을 따라가는 '밴드왜건bandwagon 효과'가 나타나기도 한다. 베스트셀러 위주의 독서가 여기에 해당한다. 트렌드의 흐름을 파악할 수 있고 소위 '인싸'로 살아가는 데 지장이 없는 방법이다. 하지만 스스로 생각하는 힘은 꾸준한 연습에서 나온다. 운동을 안 하면 체지방이 쌓이고 근육량이 줄듯 다양한 분야를 고루 읽지 않으면 생각의 근육도 커지지 않는다. 수학 문제를 풀고 영어 단어를 외우는 공부가 아닌 자기 삶을 위한 평생 학습은 행복한 미래를 위한 권리다. 주체적인 사유 능력이 부족하면 문제 해결의 방법이 보이지 않을뿐더러 선택의 결과를 겸허히 받아들이기도 힘들다. 같은 실수를 반복하거나 유사한 문제를 만나면 또다시 좌절한다. 홀로 서는 힘은 자기 문제의 해결 과정을 통해 자연스럽게 생긴다.

개인의 고민은 대개 타인 혹은 공동체와 분리할 수 없다. '혼밥'은 김치찌개를 해 먹을지 편의점 도시락을 먹을지 자기 선택의 문제지만, 가족과 함께 먹는 저녁 메뉴는 타인의 취향과 관계를 고려해야 한다. 입맛이 제각각이면 종종 곤란한 상황이 벌어진다. 마찬가지로 성격, 업무 스타일, 가치관이 다른 사람과의 관계는 불편하다. 개인의 고백을 담은 에세이, 관계 심리학, 인간의 본성을 담은 인류학 서적들은 자아를 발견하고 타인을 이해하는 데 도움을 준다. 이런 책은 감정적 반응과 이성적 판단 사이에서 길을 잃을 때마다 냉정하고 합리적인 판단을 위한 사고 훈련을 돕는다. 위로와 공감보다 때로는 단절과 거리 두기의 용기도 필요하다. 문제를 해결하는 방식은 제각각이지만 관계의 본질을 들여다보고 한발 물러서서 문제를 살펴보면 관습적 사고에서 벗어날 수 있다. 스테디셀러와 고전은 이미 검증된 방법으로 우리를 설득한다. 골라 읽는 재미는 각자의 필요와 취향을 따를 때 얻을 수 있는 즐거움이다.

공동체 전체와의 관계도 다르지 않다. 우리가 사는 대한민국의 시스템을 이해하는 일은 매우 중요하다. 먼저 자본주의라는 경제체제와 민주주의라는 정치 제도에 대해 깊이 들여다보자. 의식주를 해결하고 직업을 선택하는 일부터 결혼, 출산, 자녀교육, 부동산, 재테크에 이르기까지 우리 사회가 작동하는 방식을 이해하고 고민하는 과정에서 문제를 해결하는 방법과 태도가 결정된다. 정치, 경제,

읽기의 미래

문화 등 다양한 분야에 관심을 가지고 '왜?'라는 질문을 계속해야 한다. 비판적 관점은 상황을 입체적으로 살피게 하고 아집과 독선에 빠지지 않게 한다.

즉흥적이고 감정적인 선택과 결정은 위험하다. 후유증은 크고 상처는 깊다. 책은 개인과 사회를 둘러싼 수많은 문제를 풀어가는 데 중요한 아이디어를 제공한다. 서로 다른 생각이 부딪치고 토론과 협의를 거치는 과정은 더 나은 세상을 위한 노력이다. 이는 내일을 위한 읽기다. 함께 고민하고 다 같이 문제를 해결하려는 노력이 우리 삶과 사회를 지탱하는 힘이 아닌가.

_____ 문제 인식을 위한 성찰

테니스의 가장 기본 동작인 포핸드 스트로크를 배울 때 일이다. 코치는 내게 "다림질을 하듯 부드럽게 스윙하세요. 스트링 없는 라켓이라 생각하고 공을 통과시킨다는 기분으로 밀어보세요"라고 조언했다. 라켓으로 공을 치지 말고 공을 잡아 민다는 느낌으로 하라는 가르침이었다. 팔의 힘이 아니라 허리를 이용하라는 조언도 몸이 쫓아가기까지는 시간이 필요했다. 스키, 골프, 배드민턴, 탁구, 수영도 비슷하다. 어떤 운동이든 기본자세를 제대로 익히고 의식적으로 반복하지 않으면 필요한 동작을 자연스럽게 몸에 익히기 어렵다. 스키를 배울 때 시키는 대로 연습해도 턴이 부드럽지 못한 이유를 몰라 답답했다. 동영상을 촬영해서 보기 전에는 무게중심의 이동과 타이밍의 문제를 찾아내지 못했다.

학교, 회사, 정당, 국가도 자기가 속한 집단의 문제를 파악하는 건 쉽지 않다. 거울을 들여다보며 자신의 오류를 찾으려는 의식적 노력 없이는 불가능한 일일지도 모른다. 이성보다 감정이 앞선, 생각이 비슷한 사람들 간의 유대감이 문제 해결의 걸림돌이다. 서는 자리가 달라지면 풍경이 달라진다는 만화의 한 장면은 인간의 속성을 그대로 대변한다. 정권을 잡은 여당, 그렇지 못한 야당은 자신의 과거 발언과 행적을 반복하는 경우가 많다. 전형적인 '내로남불'이지만 일상생활에서 우리도 수없이 반복하는 문제다. 이런 모순이 발생하는 이유를 설명한 수많은 심리학 이론서를 뒤적여도 우리의 생각과 행동을 바꿔주는 책은 없다. 이해와 실천은 고스란히 독자의 몫이다. 책으로 배운 지식과 정보를 삶에 적용하기 힘든 이유를 굳이 설명할 필요가 있을까. 인간의 가슴은 뜨겁고 머리는 차갑다. 생각과 행동이 일치하지 않는 건 어쩌면 인간의 한계인지 모른다. 문제 자체를 인식하지 못하는 건 생각의 오류지만, 알면서도 자기 삶에 적용하지 못하는 건 오로지 각자의 몫이다.

어떤 사람과 사랑에 빠지는 건 지극히 개인적인 감정의 영역이다. 그러나 서로 사랑하는 두 연인이 꿈꾸는 미래는 사회적 영역이다. 결혼, 출산, 육아, 교육, 주택, 노후 등 현실적인 문제뿐 아니라 이성적으로 판단해야 하는 일들이 점점 많아지기 때문이다. 감정은 이성을 통제하고 이성은 감정을 촉발한다. 비혼을 선택하거나 자녀 없는 결혼 생활을 하는 부부도 점차 늘고 있다. 결혼은 한 사회를 유지하는 근간이지만 개인적으로 수많은 선택과 갈등을 초래하는 행위이기도 하다. 살아가면서 우리가 직면하는 문제는 '해결'의 차원에서뿐만 아니라 '태도'의 측면에서 다뤄야 하는 일들이 많다.

인구가 줄어드는 이유는 취업, 육아 부담, 사교육비, 부동산 등 원인이 다양하다. 정치, 경제, 교육, 문화 등 삶의 질을 결정하는 기관과 시설이 수도권에 집중된 상황에서 체계적인 지방 분권 정책의 추진 없이 지자체의 출산장려금이 문제를 해결할 수 있을까. 자신에게 주어진 삶의 조건을 찬찬히 살펴보면 가능성과 한계가 함께 보인다. 재벌 2세와 시골 농부의 아이는 출발선이 다르다. 그 다름이 반드시 인생의 성공과 실패, 행복과 불행의 조건이 아님을 우리는 잘 알고 있다. 사람은 각자 다른 문제를 안고 산다. 비슷해 보이지만 자세히 들여다보면 같은 문제라도 크기와 의미가 다르다. 독서는 문제 인식의 도구로 작용하지만 때때로 문제 자체를 지워 버린다. 없는 문제를 만들 필요는 없으나 문제없는 인생은 없다.

토머스 로버트 멜서스의 『인구론』(동서문화사)이나 최근의 고령

화 사회를 주제로 한 사회, 경제, 문화 분야의 책들이 개인과 사회의 '문제'를 해결할 수 있을까. 미래를 위한 독서 방법은 자기 삶에서 문제를 인식한 후 합리적으로 판단하는 과정이다. 때로는 감정에 호소하는 오류를 범하고 때로는 장단점을 고루 살피지 못하며 때로는 이해관계를 잘못 계산할 수도 있다. 그래도 여전히 아는 만큼 보이고 보이는 만큼 준비할 수 있으며 준비한 만큼 현재와 미래가 달라진다는 사실에는 변함이 없다.

우리 삶에서 선택에 따른 이익과 손실은 수치로 계산하기 어렵다. 손실 회피 효과 때문에 불합리한 선택을 할 때도 있고 '가성비'보다 '가심비'에 따라 물건을 고르기도 한다. 미래를 위한 독서는 문제를 해결할 수 있는 능력에 방점을 찍을 수 있다. 문제를 인식했을 때 단번에 해결하지 못해도 우리에겐 언제나 '두 번째 기회second chance'가 있다고 믿는다. 시행착오를 거치며 실수를 줄이기 위해 노력하는 과정은 매우 값지다. "책은 나를 이룬다. 독서는 내 몸 전체가 책을 통과하는 것이다"[13]라는 정희진의 말은 독서가 그대로 삶의 일부가 되는 경지에 대한 고백이다. 책은 여전히 가장 오래된 미래다. 과거와 현재의 이야기가 아니라 우리가 찾아가려는 미래의 내비게이션이다. 나침반과 지도를 들고 항해를 떠나던 시대와 지금은 무엇이 다른가. 도구와 방법의 진보가 삶 그 자체의 목적과 의미를 송두리째 뒤바꿔놓지는 못한다. 숟가락의 모양과 재질보다 중요한 건 밥맛이다. 문제는 사라지지 않지만 같은 문제라도 바라보는 사람의 생각과 태도는 변한다. 문제 해결 능력을 기르기 위한 독서는 내 몸 전체를 통과하는 지극히 현실적인 독서 방법이다.

2장

세상을
읽는 방법

다양한 답을
찾는 읽기

_____ 하나의 정답, 한 가지 목표

1921년, 미국의 과학자 윌리엄 비브는 남아메리카의
정글에서 이해할 수 없는 장면을 목격했다. 병정개미 한 무리가
400미터쯤 되는 커다란 원을 맴돌고 있는 모습이었다. 앞에 가는
전우의 발뒤꿈치만 보며 이동하는 군인들의 철야 행군을 떠오르게
했다. 한 바퀴를 도는 데 두 시간 반쯤 걸렸지만 쉼 없는 개미들의
행진은 이틀간 계속됐고, 결국 대부분 지쳐 죽었다. 병정개미는 앞
선 동료가 흘린 화학물질을 따라 이동한다. 따라서 선두 개미가 경
로 설정을 잘못하면 무리 전체가 '죽음의 행진'을 계속한다. 이런

현상에 '원형 선회 Circular Mill'라는 이름이 붙었다.

대한민국 사회를 병정개미에 비유하면 어떨까. '헬조선' 운운하며 우리 사회를 부정적으로만 인식한다. 화를 내는 사람이 있을지 모른다. 하지만 우리 사회는 여전히 다양성에 인색하다. 대학, 군대, 취업, 결혼, 출산 문제에서 자유로운 사람은 없다. 누구나 인생에서 반드시 겪어야 하는 통과의례로 생각한다. 성공한 인생, 평범한 삶을 추구하는 사람들을 탓할 이유도 없다. 하지만 인생에 정답이 있을까. 획일적 사회에서 같은 목표를 향한 경쟁이 심할수록 사람들은 대체로 불행하다. 행복과 성공의 기준은 각자 다르다. 인류 역사에서 다양성이 존중되지 않는 전체주의 국가는 존속하지 못했다. 우리는 지금 원형 선회의 개미지옥인 줄도 모르고 앞선 사람들의 뒤통수를 잡으려 애쓰고 있는 건 아닐까.

계층 이동의 유일한 사다리였던 '입시'는 대한민국을 교육 강국으로 이끈 버팀목이자 아킬레스건으로 작동한다. 1965년 중학교 입학시험 출제 오류로 인한 '무즙 파동'부터, 대통령 탄핵으로 이어진 2016년 '정유라 부정 입학' 사건까지 입시 문제는 여전히 대한민국 전체를 뒤흔든다. 공정한 척도로 개인의 능력을 측정한다는 순기능이 없지 않으나, 시대 변화를 반영하지 못하고 오로지 국영수 위주 객관식 시험에 매달리는 입시 제도는 문제가 심각하다. 학력고사부터 대학수학능력시험에 이르기까지 단 한 번도 '객관식'

읽기의 미래

이외의 방법을 상상해본 적이 없다.

인공지능 시대를 맞이했으니 우리도 논·서술형으로 대학 입시를 치르는 것을 생각해볼 때다. 여전히 하나의 문제에 하나의 정답만 찾는 객관식 훈련은 읽기의 미래를 어둡게 한다. 세계에서 일본을 가장 우습게 보는 나라가 대한민국이다. 그런데 그런 일본조차 2019년에 '센터시험' 폐지를 선언했다. 우리나라 수능에 해당하는 객관식 시험을 2020년부터 사고력, 판단력, 표현력을 평가하는 논·서술형으로 개선하겠다고 결정했다. 물론 준비 단계에서 검증된 '채점관 풀' 구축에 실패했고 시행이 보류됐으나 일본은 교육 개혁에 공을 들이고 있다. 우리도 2028년부터 논술형 수능을 검토하겠다는 '계획'을 발표했으나 시행될 수 있을지는 의심스럽다.

객관식 시험은 정답이 하나다. 한국인은 정답이 없는 문제를 생각해본 적이 없어 성인이 되어서도 대부분 이분법적 사고의 틀에 갇힌다. 맞거나 틀리거나, 옳거나 그르거나, 흰색이거나 검은색이거나! 대안을 생각하기 어렵고, 중간 지대를 찾기 힘들다. 질문과 의심보다 확신과 신념이 중요하다. 타협과 조정이라는 민주적 절차에 익숙하지 않다. 서로 다른 의견을 조정하고 상대방을 존중하는 일보다 경쟁에 익숙하다. 학교, 직장, 사회뿐 아니라 경기장과 미술관에서도 1등에게만 주목하는 사회의 미래는 어떨까.

현실에서 마주하는 문제는 다양한 방식으로 해결된다. 정답이 없는 문제도 있다. 개인의 성향, 사회적 관습, 문화의 차이에 따라 서로 다른 방식으로 문제를 해결한다. 하나의 정답이 아니라 여러 대안 중 최선의 방법을 택한다. 여러 가지 요인을 감안하고 시행착오를 거치며 부작용이 발생하기도 하지만 세상은 그렇게 조금씩 발전한다. 유일한 선善, 단 하나의 정답이 있다는 믿음이 오히려 우리의 미래를 어둡게 한다.

_____ 이름은 하나인데 별명은 서너 개

"내 동생 곱슬머리 개구쟁이 내 동생 이름은 하나인데 별명은 서너 개 엄마가 부를 때는 꿀돼지 아빠가 부를 때는 두꺼비 누나가 부를 때는 왕자님" 멜로디가 자동 재생되는 동요 〈내 동생〉의 가사 일부다. '내 동생'은 자라면서 학교, 직장, 가정에서 서로 다른 역할 행동을 하며 살 예정이다. 물론 이 노래에 등장하는 엄마, 아빠, 누나도 마찬가지다. 사람은 상황과 위치에 따라 다른 모드로 변신한다. 관계 맺는 사람과 부여받은 역할에 따라 생각과 행동이 달라진다. 집에서 엄마인 박 과장, 귀여운 막내아들인 김 대리는 직장에서 전혀 다른 모습이다. 주변 사람과의 관계 양상이 전혀 다르기 때문이다. 한 사람의 말투, 억양, 표정, 몸짓, 대화 방식이 언제 어디서나 같을 수는 없다. 그때그때 다른 게 오히려 자연스럽다.

우리는 대체로 도전과 변화보다 안정을 원한다. 하나의 질문에 단 하나의 정답을 찾아내는 일이 쉽고 편하다. 질문은 하나인데 정답이 여러 개라는 상황은 혼란스럽다. 바꿔 말하면 문제는 있는데 답이 없다는 의미다. 수렴적 사고보다 확산적 사고가 불편한 건 당연해 보인다. 객관식 문제에 길들여지고 정해진 목표를 향해 달려온 사람에게 갑자기 새로운 아이디어를 요구하고 창의적 사고력이 부족하다고 질타하는 건 오히려 부당하게 느껴진다. 사람의 생각과 행동은 하루아침에 변하지 않는다. 꾸준한 연습과 노력이 필요하다.

한때, 구글 본사의 입사 시험 문제로 출제됐던 '스쿨버스에 골프공 집어넣기'가 회자된 적이 있다. 브레인 티저Brain-teaser 형식으로 문제 해결 능력을 측정하기 위한 질문이었다. 스쿨버스 내부의 가로, 세로 등 길이와 골프공의 지름을 알려준 뒤 알고리즘을 만들어 보라는 문제에 0개라는 답을 적어낸 지원자가 있었다. 괄호 안에 그의 설명이 채점자의 이목을 끌었다. 스쿨버스 안에 골프공을 집어넣으면 아이들이 창밖으로 다시 던져버리기 때문에 한 개도 집어넣을 수 없다는 주장이었다. 창의성을 높게 평가한 구글은 이 사람을 채용했다.

미국의 심리학자 길포드는 사고 유형으로 '확산적 사고'와 '수렴적 사고'을 제안했다. 확산적 사고는 한 가지 문제에 대해 다양한 형태의 답을 제시하는 능력이다. 확산적 사고를 하는 사람들은 여러 가지 새로운 답을 허용하는 자유 응답 질문을 좋아하며, 따라서 이런 사람들은 창의적이다.[1] 한 문제에 한 개의 정답을 찾는 객관식 시험이 수렴적 사고를 대표한다. 유연하고 창의적인 사람은 문제 상황에서 다양한 해결책을 제시한다. 낯설게 보고, 다양성을 인정하고, 비판적 관점을 유지하는 일은 확산적 사고력을 기르는 방법이다. 얼마나 많이 읽었는지, 어떤 책을 읽었는지가 아니라 '어떻게' 읽었는지에 따라 한 권의 책은 독자에게 다양한 생각을 하게 한다.

한 자리에 머물며 좁고 깊게 한 우물만 파는 전문가도 필요하지만 이제 지식 노마드의 시대다. 학벌과 간판이 힘을 잃는 시대에는 유쾌한 지식 생산자와 편집자 들이 주인공이다. 독서는 범위도 한계도 없이 온몸으로 즐기는 확산적 사고 실험이다. 새로운 지식과 정보의 습득이 아니라 꼬리에 꼬리를 무는 사고 훈련이다. 여기저기 기웃거리며 호기심을 충족하고 자기만의 스타일을 만들 때 읽기의 미래는 조금 더 선명한 모습으로 다가올 것이다.

_____ 변화의 출발은 새로움

2019년, '1인 가구' 수가 모든 가구 유형 중 1위에 올라섰다는 통계청의 발표는 대한민국의 현실을 그대로 반영한다. 보편적·일반적이라고 생각하는 가족 형태가 바뀌는데도 우리는 여전히 엄마, 아빠, 딸, 아들로 구성된 가족의 모습을 '정상'이라고 생각한다. 시대 변화를 예고하는 매우 구체적이고 현실적인 데이터 앞에서도 관성적 사고는 쉽게 바뀌지 않는다. 인간은 습관의 동물이기 때문이다.

광화문 교보문고 입구에서 '사람은 책을 만들고 책은 사람을 만든다'는 표지석이 독자들을 맞는다. 오래된 금언이지만 변함없이 독서의 의미와 역할을 되새기게 한다. 독서의 시작은 변화에 대한 열망에서 비롯된다. 현실을 부정하고 회피하는 수단으로서 독서의 기능도 무시할 수 없다. 독서의 '쾌락원칙'은 오롯이 책이 주는 재미와 즐거움이다. 실용적 목적으로 책을 활용하는 방식이 '현실원칙'에 따른 쾌락의 지연 방식이라면 지나친 해석일까. 개인주의가 심화된 사회는 직접적인 인간관계 대신 책에서 공감과 위로를 얻는다. 인스타그램 등 SNS라는 가상현실, 희망과 용기를 주는 감성 에세이, 현실을 흉내 낸 소설의 세계가 그렇다. 사람이 책을 만들지만 목적에 따라 내용과 방법이 달라진다. 책이 사람을 만들지만 어떤 사람이 되고 싶은지에 따라 선택하는 책이 결정된다.

　미래의 독서는 변화를 위한 실천이며 구체적인 현실에 적용 가능한 힘이다. 현실에 도움을 주는 책은 아이디어를 제공하고, 개성을 창조하며, 미래에 대비한다. 단순한 지식과 정보의 축적이 아니라 전체를 보는 통찰력을 키워 문제의 핵심에 접근한다. 새로운 해결책을 제시하는 사람은 주변 눈치를 살피며 분위기를 잘 맞추는 사람과 거리가 멀다. 집단과 전체를 위한 개인의 희생이 미덕이라고 생각하는 시대는 지났다. 내가 행복해야 곧 세계가 행복하다. 현실적인 삶의 도구로 활용할 수 있는 책은 현실원칙과 쾌락원칙이 조화를 이룬다. 여러 번 반복했듯 책은 인터넷보다 빠르고 정확하게 지식과 정보를 얻을 수 있는 수단이 아니다. 하지만 책은 언제나 한곳에 머물지 않고 새로움과 변화를 추구한다.

　모든 사람은 세상을 살면서 각자 나름의 방식으로 행복을 추구한다. 삶의 목적과 방법에 정답은 없다. 다양성이 미덕인 시대에 개인의 욕망이나 태도를 한 가지 틀에 가둘 수 없다. 저마다의 개성으로 빛나고 함께 모여 조화를 이루는 세상이 우리가 꿈꿔야 할 미래가 아닐까. 변화의 출발은 새로움이다. 견고하게 지켜온 생각을 버리고 다른 방법으로 도전하는 확산적 사고력이 필요한 미래가 다가온다. 지금 여기에 머물지 조금 다른 곳을 바라보며 움직일지, 선택은 각자의 몫이다.

우리가 어떤 세상을 꿈꾸고 어떤 삶을 원하는지에 따라 현재와 미래는 달리 보인다. 미래를 위한 독서는 조금 더 성장한 나, 조금 더 나은 세상을 꿈꾸는 데서 출발한다. 현실을 잊고 환상의 세계로 우리를 이끄는 쾌락원칙에 충실한 책도 좋고, 진지하고 깊은 고민을 담은 책도 좋고, 구체적인 해결책과 대안을 제시하는 책도 좋다. 어떤 책을 읽든 하나의 정답을 추구하는 수렴적 사고가 아니라 각자의 빛깔과 향기에 어울리는 확산적 사고가 필요하다. 우리가 살아갈 세상은 혼자지만 외롭지 않게, 따로 또 같이 더불어 사는 즐거움으로 가득해야 하지 않을까.

유목적 인간의
읽기

_____ 재밌게 사는 일이 그리 쉬운가

급변하는 미래, 어쩌면 이미 우리 곁에 놓여 있는 미래
에 가장 필요한 사람은 창조적 혁신가다. 스티브 잡스, 빌 게이츠,
엘론 머스크, 마크 저커버그 같은 사람을 떠올려보자. 그들은 어떤
특징을 가졌는가. 그들은 우리와 어떻게 다른가. 말콤 글래드웰은
이처럼 뛰어난 아웃라이어outlier들의 공통점을 '1만 시간의 법칙'에
서 찾기도 했지만, 누구나 오랜 시간에 걸쳐 노력한다고 해서 성공
하는 건 아니다. 혁신적 변화를 이끄는 사람은 나름의 이유가 있다.
하버드 대학의 토니 웨그너 교수는 창조적 혁신가의 조건으로 '놀

읽기의 미래

이, 열정, 목적'을 꼽았다.

"기쁨은 인간의 더 작은 완전성에서 더 큰 완전성으로 이행하는 것이다"[2]라는 스피노자의 말에 공감한다. 철학자의 기쁨에 대한 정의는 평범한 사람들이 느끼는 감정과 조금 다를 수도 있다. 윤리적인 기쁨은 본능적·이기적 욕심과 거리가 있기 때문이다. 인간은 기쁨을 느끼기 위해 먹고 자고 입는다. 또한, 인정 욕구를 통해 사회적 관계를 형성하고 가치 있는 일에 몰입한다. 기쁨을 느끼는 회로가 사람마다 조금씩 다르게 작동할 수 있으나 그 차이가 크지는 않다. 하지만 "당신은 언제 행복을 느끼는가?"라는 질문에 대한 구체적 답은 제각각이다. 대체로 겁이 많은 사람은 스키와 패러글라이딩을 꺼리고 활동적인 사람은 템플스테이를 부담스러워할 수도 있다. 물론 같은 사람이라도 상황에 따라 다를 수 있으나 사람마다 행복해지는 방법이 조금씩 다르지 않겠는가.

어떤 변화의 시작은 기쁨이다. 꾸준한 연습을 통해 피아노로 한 곡을 연주했을 때, 천 개의 조각을 맞춰 퍼즐을 완성했을 때, 100일 동안 매일 스쿼트 100개를 했을 때, 원하는 직장에 입사했을 때, 오래 준비한 자격증을 취득했을 때, 마음에 그리던 곳으로 여행을 갔을 때…. 단순히 성공이라는 말로 표현하기 힘든 벅찬 성취감, 만족, 환희, 흥분의 감정이 기쁨이다. 이는 스피노자의 말대로 완전성으로 이행하는 과정에서 느끼는 감정이다. 사회적 욕망이든 개인의 취미 생활이든 기쁨을 촉발하는 일은 넓은 의미의 '놀이'에 해당한다. 스스로 더 큰 만족을 느끼는 놀이, 점점 더 깊이 몰입하는 놀이는 무엇인가. 더 재밌게 놀기 위해 고민하는 과정 자체도 놀이다. 우리는 지속 가능한 재미를 원한다. 한번 시작하면 멈출 수 없는 일은 무엇인가. 일과 놀이가 하나 되는 경지를 만든 사람들에게 삶은 한바탕 축제다. 항상 즐겁기만 한 인생은 힘들겠지만 대체로 놀이는 우리 삶을 기쁨으로 채워준다. 내 몸에 맞는 방법을 찾고, 나만의 스타일을 즐길 줄 아는 경지가 되면 삶이 곧 놀이다.

노는 사람은 실패를 두려워하지 않는다. 경험을 통해 성장하고 연습을 통해 자신을 극복한다. 스스로 만족할 때까지 원인을 찾고 방법을 연구한다. 숨바꼭질부터 수학 공부까지 모든 놀이는 문제 해결의 과정이 즐거우며 이제 그만하면 됐다는 생각이 들지 않는다. 사는 게 재미없는 건 놀이가 사라지기 때문이다. 내 것이 아닌 타인의 기준, 타인의 욕망에 길들기 때문이다. 수많은 책이 내가 사는 세상의 주인으로 살아가라고 격려한다. 자기가 진짜 즐거워하는 일이 무엇인지 깨닫게 한다. 책 속에서 창조적이고 혁신적인 생각을 발견하는 일이 즐겁다면 독서는 무엇과도 바꿀 수 없는 최고의 놀이다.

_____ 열정은 어떻게 만들어지는가

　　미래 사회가 요구하는 창조적 혁신가의 두 번째 덕목
은 열정이다. 이는 아주 오랫동안 인간의 삶을 추동하는 에너지로
작용했다. 무에서 유를 창조하는 힘의 원천은 관심과 열정이다. 자
발성에 기초한 지속 가능한 재미가 열정의 연료다. 누가 뭐라든 제
길을 걷는 사람들의 뒷모습은 얼마나 아름다운가. 대개 우리가 칭
송하는 창조적 혁신가는 한 분야에 미쳐 열정을 바친 오타쿠, 마니
아인 경우가 많다. 이들은 아마추어 수준을 넘어선 사람들이다. 공
인된 자격증이나 인증을 받을 순 없지만 SNS에서 셀럽이 되고 직
업을 바꾸기도 하며 창조적 혁신가로 거듭나는 경우도 많다.

　수많은 유튜브·콘텐츠 기획자, 1인 미디어가 다양한 분야의 전
문가로 자리매김하는 중이다. 이들의 자산은 열정이다. 놀이에 몰
입하듯 열정이 창조한 세계는 많은 사람의 감탄을 자아낸다. 뛰어
난 성적, 남부러운 직장, 널찍한 아파트, 고급 승용차가 아니면 어떤
가. 우리가 열광해야 하는 건 타인이 가진 물질적 풍요로움과 높은
연봉이 아니라 내 안에 숨 쉬는 뜨거움이 아닐까. 인공지능 시대를
대비하라는 요구와 방법이 넘쳐도 오롯이 나만을 위한 인생 지도
가 필요하다. 이제 숨을 고르고 각자의 열정을 확인해볼 시간이다.

　미국의 심리학자 앤절라 더크워스는 성공과 성취를 끌어내는 데

결정적 역할을 하는 열정과 끈기를 '그릿grit'이라 정의했다.[3] 성공한 삶을 향한 사람들의 열정은 식지 않는다. 수많은 자기계발서를 통해 지금보다 나은 미래와 현실 개선 의지를 불태운다. 자본주의 사회에서 대체로 성공은 '자본'의 총량과 비례한다고 믿는다. 연봉과 자산 규모가 인격으로 치환되는 현실은 어제오늘 일이 아니다. 멀리 모파상의 「목걸이」에서 가까이 성석제의 『투명 인간』(창비)에 이르기까지 인간사의 성공과 좌절은 돈으로부터 자유롭지 않기 때문에 발생한다.

문제는 성공과 열정의 관계다. 미래를 예측하고 트렌드를 읽는 안목은 모두에게 중요하다. 현재보다 나은 미래를 꿈꾸지 않는 사람이 어디 있겠는가. 그 조건으로 열정이 필요하다는 사실은 새삼스레 언급할 필요가 없다. 성공을 위해 열정을 품어라! 과연 그런가. 순서가 뒤바뀌지 않았을까. 열정의 결과물이 성공 아닐까. 돈을 향한 열망이 성공을 향한 맹목을 만들고 그것이 열정을 만드는 과정은 얼마나 허망한가. 미래를 위한 창조적 혁신가는 성공과 자본을 향한 질주로 만들어질 수 없다. 열정은 삶을 즐기고 자기 분야의 '덕질'에 몰입할 때 자연스레 만들어지는 몰입감이다. 재밌으면 계속하고 싶고 더 잘하고 싶고 그 결과 더 큰 재미를 느끼는 선순환의 과정이 진정한 성공이 아닐까.

성공과 열정의 전후 관계를 착각하지 말자. "희망이란 우리들이 그 결과에 대하여 어느 정도 의심하는 미래 또는 과거 사물의 관념에서 생기는 비연속적 기쁨이다."[4] 미래의 독서는 단순한 재미와 교양 너머의 무언가를 추구하는 사람들에게 작은 희망이다. '어느 정도 의심하는 미래'를 향한 즐거움이다. 성공 자체가 희망인 사람은 없다. 각자 열정이 생기는 곳이 다르지 않을까. 그곳을 알 수 없어 책 속에서 고민하고 책을 통해 자신을 발견하고 삶의 의미를 묻는다. 그것은 열정을 만드는 비법 중 하나다.

_____ 유목적 인간의 탄생

인류의 정착 생활은 농경과 목축이 기반이다. 안정적으로 먹거리를 얻고 편안한 잠자리를 마련하려는 생존 본능에서 시작된 삶의 형태다. 이때부터 식량 비축이 가능했다. 각자의 능력과 역할에 따라 뚜렷한 계급사회가 만들어졌다. 원시공동체 사회와 달리 사유재산의 축적이 이뤄진 것이다. 가진 게 많으면 운신의 폭이 좁다. 무겁고 느리며 신중해진다. 변화보다 안정을 추구한다. 예나 지금이나 다름없다.

자크 아탈리는 21세기 들어 '디지털 노마드digital nomad'가 출현했다고 분석한다.[5] 인류가 신석기 시대 이전으로 돌아갔다는 주장이 아니라 새로운 유목민으로 거듭났다는 의미다. 언제 어디서든 누구와도 접속 가능한 시대다. 소유가 아닌 접속의 시대를 예고한 석학들의 말은 이제 구체적인 현실이 되어 우리에게 다가온다. 공유경제, 인공지능 시대에 접어든 인류의 삶은 예상보다 빠른 속도로 변하고 있다. 우리는 다가올 미래를 준비하며 '창조'와 '혁신'을 화두로 삼는다. 미래 사회를 주도할 새로운 유목민은 창조적 혁신가를 꿈꾼다.

어쩌면 독서는 인류의 가장 아날로그적인 습성일 수도 있다. 시간과 공간을 초월해서 자유롭게 방랑하는 디지털 노마드는 손에 든 무기만 달라졌을 뿐 정착 생활 이전으로 돌아간 듯한 느낌을 준다. 문자를 발명한 후 기록, 저장하는 방법은 눈부시게 발전해왔다. 이 과정에서 '책'과 '독서'는 그 목적과 본질이 변하지 않았다. 책의 형태가 변하고 독서 방법이 달라져도 인간의 습성과 본능은 쉽게 바뀌지 않는다. 어차피 인류는 전쟁과 평화 사이에서 서성거렸고 개인과 국가마다 서로 다른 지향점을 향해 달렸다. 각자도생이든 공존공영이든 새로운 버전의 유목적 인간은 우리의 미래이자 희망일 수도 있다. 디지털 미디어와 더불어 4차 산업혁명 시대를 준비하는 우리에게 필요한 창조와 혁신이라는 잘 벼린 무기는 아이러니하게도 가장 오래된 책 속에 숨어 있는 녹슨 광선검이 아닐까.

어쩌면, 책의 미래와 미래를 위한 독서 능력을 강조하는 일 자체가 무의미하다. "필요는 발명의 어머니"라는 금언이 이를 증명한다. 호기심 없는 학생, 질문 없는 수업, 비판하지 않는 언론, 견제받지 않는 권력, 반성 없는 생활, 의심 없는 사회는 살아남을 수 없다. 수동적이고 관습적인 사고로 창조와 혁신은 불가능하다. 놀이와 열정에 이어 목적이 무엇인지 확인해야 하는 이유는 우리가 걷는 길의 방향 때문이다. 다른 지역의 같은 지명을 선택한 채 내비게이션을 작동하고 길을 떠난 적이 있다. 음악을 듣고 신호등에 집중하며 안내하는 대로 운전을 하다가 문득, 도로 표지판을 보고 머리털이 쭈뼛해졌다. 눈을 뜨고 있지만 보이지 않는 것이 있듯이 생각 없는 습관적 행동이 어디 운전뿐이겠는가.

기쁨을 느끼며 열정을 다하는 삶은 행복하다. 그러나 가끔 고개를 들어 각자 걷는 길의 이정표는 확인해야 한다. 어디에서 어디로 가고 있는지, 그 길이 내 삶의 목적과 가치에 부합하는지. 맛있는 음식과 따뜻한 잠자리, 사랑하는 사람이 행복의 기본 조건이라는 사실은 틀림없지만 그렇다고 해서 모든 사람이 같은 목적지를 향해 달리는 인생을 사는 건 아니다. 그 길이 다소 어렵고 복잡하더라도, 내비게이션으로 찾을 수 없는 곳이라도 기꺼이 자기만의 길을 걷는 사람도 있다. 개인적인 삶의 목표와 가치는 먼저 살아본 사람들의 이야기를 들어보면서 정하는 경우가 많다. 가깝게는 부모와 선생님이고 멀게는 옛 성현과 책의 저자들이다. 다양한 삶의 가치가 서로 조화를 이루고 그것을 기꺼이 인정하는 세상이 살기 좋은 세상 아닌가. 흑백보다 컬러가 아름답지 않은가. 디지털 노마드가 지향하는 창조적 혁신가로 거듭나기 위해 책은 여전히 최고의 선택이다.

접속과 공유를 통한 읽기

_____ 자본주의가 만들어낸 욕망

"나는 젊음과 아름다움을 사랑하지." 드라큘라 백작의
고백이다. 이 둘은 순식간에 사라진다는 공통점이 있다. 오히려 찰
나에 불과해서 눈부신 게 아닐까. "너희 젊음이 너희 노력으로 얻은
상이 아니듯, 내 늙음도 내 잘못으로 받은 벌이 아니다"라는 어느
영화의 대사가 인상 깊다. 젊은이와 늙은이의 간극은 시간으로 메
워질 수 있을 뿐이다. 그럼에도 불구하고 사람들 대부분은 영원히
살 것처럼 생각하고 끝없이 욕망한다. 돈과 권력은 물론 사랑과 우
정조차 영원한 소유는 불가능하다. 이집트의 파라오, 중국의 진시

황제처럼 사후 세계를 믿고 영원을 꿈꾼 사람들이 없지 않으나 모두 산 자의 욕망일 뿐이라는 사실을 역사가 증명한다. 법정 스님의 『무소유』(열림원)를 읽고 나면 욕심이 사라질까. 책장에 꽂힌 『간디 자서전』(한길사)이 참여와 실천을 유도할까.

미국의 심리학자 에이브러햄 매슬로는 식욕과 성욕이 인간의 삶을 지탱하는 근원적인 욕망이라고 분석한다.[6] 생리적 욕구부터 자아실현의 욕구를 충족할 때까지 인간은 끊임없이 빈 그릇을 채우기 위해 욕망할 수밖에 없는 존재일까. 수천 년이 흘러 인간이 또 다른 존재로 진화할 수도 있겠으나 현생 인류는 실현하고픈 자아의 욕망조차 비슷해지는 게 아닐까. 책 몇 권을 읽는다고 해서 생각과 행동이 돌변하는 사람은 오히려 위험하다. 지난 시간을 돌아보고 현재를 살피며 미래를 전망하는 사유의 시간을 가질 수 있는 게 책을 읽는 즐거움이다. 자신의 욕망을 확인하고 고통과 슬픔의 원인을 들여다보는 일이 독서가 주는 위로다.

'먹방' 프로그램에 소개된 맛집, 마감 시간이 임박한 홈쇼핑의 저렴한 물건, 끝없이 신상을 소개하는 인터넷 쇼핑몰은 인스타그램에 전시된 타인의 삶처럼 현대인의 욕망을 끝없이 자극한다. 제러미 리프킨이 '소유의 종말'을 외치고 피터 싱어가 '죽음의 밥상'을 경고해도 인간의 본성은 바뀌지 않는다. 쇼핑의 즐거움, 고기 한 점이 주는 위로와 행복을 무엇과 바꿀 수 있을까. 그것을 위해 우리는 열심히 공부하고 땀 흘려 일하는 게 아닌가. 그렇다면 채식주의와 미니멀리즘은 인간의 본성에 반하는 주장이 아닌가. 고기를 먹지 않겠다는 선언, 소비를 줄이고 비우기 위한 노력은 위선이 아닐까. 이와 관련된 이론과 주장도 차고 넘친다. 이는 단순히 각자 선택의 문제일 뿐일까.

지구 환경과 자본주의 시스템을 들여다보면서 만들어진 욕망을 점검할 필요가 있다. 관심과 욕망의 대상이 바뀌는 경험을 해본 적이 있는 사람은 안다. 한때, 무언가에 꽂혀 눈에 뵈는 게 없었던 시절의 허망함을. 인간의 생리적 욕구 충족의 한계와 범위에 대하여, 궁극적인 자아실현의 삶을 지향하기 위하여, 하위 욕구와 상위 욕구의 위계에 대해 고민하는 시간이 자기 삶의 미래를 읽는 지혜가 아닐까.

우리는 때때로 너무 좁고 깊게 판다. 하지만 거시적 안목과 자기 성찰의 시간도 필요하지 않은가. 무릎 꿇고 반성문 쓰는 시간이 아니라 자기 욕망의 원인, 지속 가능성에 대해 스스로 돌아보는 시간이 절실하다. 특정 분야에 대한 독서는 전문가로 거듭나는 방법일 수도 있으나, 상반된 논의를 확인하고 한쪽에 치우치지 않은 이야기를 듣는 방법이기도 하다. 사실 도서관과 서점에서는 다양한 의견이 날카롭게 부딪치는 소리 없는 아우성이 계속된다. 느린 발걸음과 고요함 속에서 벌어지는 치열한 전장의 모습이다.

채식주의자가 집어 든 리어 키스의 『채식의 배신』(부키), 미니멀리스트가 손에 든 『윤광준의 생활명품』(을유문화사)은 접속과 공유의 시대정신 따위와 상관없이 개인적인 욕망과 삶의 지향점을 다시 점검하게 할 수도 있다. 독서는 그 어떤 행위보다 위태롭게 흔들리는 자신을 단단하게 잡아주지만 무념무상의 고요한 일상에 돌을 던지는 위험한 행위가 될 수도 있다. 어쩌면 그것이 독서의 본질이면서 미래를 준비하는 사람에게 필요한 자극이 아닐까.

_____ 소유에서 접속으로 이행하는 시대

인류는 정착 생활을 시작하면서 사유재산에 눈을 떴다. 먹이를 따라 이동하던 유목 생활에서 소유물은 거추장스럽고 이동을 불편하게 할 뿐이다. 하지만 원시공동체 사회에서 벗어나 농업혁명을 통해 저장이 가능해지자 소유에 집착하고 자산을 축적했다. 농기구와 경작 기술이 발달할수록 수확량은 늘고 안전의 욕구도 충족됐다. 분업으로 시작된 각자의 역할이 사회 계층으로 자리 잡았다. 위계질서에 따라 다양한 제도와 법률이 만들어진다. 이런 과정은 인류의 역사에서 변형된 형태로 수없이 반복된다. 이스라엘의 역사학자인 유발 하라리는 이를 '상상 속의 질서'라고 명명한다. 사람들로 하여금 자신의 삶을 조직화하는 질서가 자신들의 상상 속에서만 존재한다는 사실을 알아차리지 못하도록 만드는 주된 요인은 세 가지다. 첫째, 상상의 질서는 물질세계에 단단히 뿌리내리고 있다. 둘째, 상상의 질서는 우리 욕망의 형태를 결정한다. 셋째, 상상의 질서는 상호 주관적이다.[7] 국가와 민족의 개념, 신화와 전설, 법과 제도가 모두 그러하다. 말하자면 인간은 눈에 보이지 않는 상상의 질서 안에서 살아간다. 기쁨과 슬픔, 행복과 불행, 꿈과 희망이 모두 추상적 관념의 세계다.

상상을 현실로 바꾸려는 인간의 노력은 대체로 성공했다. 지금 우리가 살아가는 시스템 전부가 이러한 질서를 따른다. 종교, 애국심, 정치적 이념, 집단적 소속감은 물론 다단계 회사, 각종 보험, 주택청약, 비트코인 등 상상력을 현실적 질서로 만든 사례는 무수히 많다. 중세 이후 계급사회가 무너지고 자본주의의 발달로 인해 어느 계층에 속하든 사회적 신분을 나타내는 지표가 곧 돈이라는 것은 암묵적 사실이다. 과거에는 신분이 곧 부와 권력과 명예를 상징했으나 이제는 축적된 자본이 권력과 명예를 얻는 주요한 수단으로 작동한다. 아니, 권력과 명예는 더 많은 부의 축적을 위한 도구가 아닐까 싶다. 심지어 막스 베버는 일찍이 인간이 돈벌이를 자신의 물질적 생활 욕구를 만족시키기 위한 수단으로 여기는 것이 아니라 삶의 목적 자체로 여긴다고 분석했다.[8] 그것이 곧 프로테스탄티

즘의 윤리에 충실한 삶의 태도라고 주장한다. 종교조차 세속적 욕망에서 자유로울 수 없다. 하물며 우리처럼 평범한 사람들은 말할 필요도 없지 않을까. 이미 견고한 상상의 질서 안에서 미래를 준비하고 더 많은 부의 축적을 위해 노력할 수밖에!

그리하여 우리는 어제도 오늘도 그리고 내일도 축적과 소유를 향해 내달린다. 화폐라는 상상의 질서가 세상을 지배한다는 사실을 부정할 수는 없다. 이에 관한 문학, 경제, 사회 분야의 수많은 책 숲에서 우리는 종종 길을 잃는다. 욕망을 채워주겠다는 부동산, 재테크 관련 실용 도서부터 애덤 스미스, 카를 마르크스의 경제학 이론서까지 다양한 책들이 서가에 꽂혀 있다. 서점과 도서관을 산책할 만큼의 여유가 미래를 향한 독서의 출발이다. 꾸준히 책을 읽고 고민해온 사람들도 마찬가지다. 소유에서 접속으로 이행하는 시대를 바라보는 우리의 시선은 당위와 의무가 아닌 선택과 실천의 문제에 가 닿는다. 어떤 책을 읽고 누구를 만나고 어디에서 무엇을 바라보는지에 따라 사람마다 전혀 다른 꿈을 꾼다.

'공유경제'라는 말은 2008년에 미국의 법학자 로런스 레식 교수가 처음 사용했다. 2008년에 포노 사피엔스의 탄생을 알리는 3G 아이폰이 출시되었으며 세계 최대 숙박 공유 서비스 에어비앤비Airbnb가 시작되었다. 자율 주행이 아니라 무인 자동차 시대가 열려 '인간운전금지법안'이 통과되는 장면을 상상해본다. 휴일에 취미 활동으로 서킷circuit에서 자동차 운전을 즐기는 사람들은 있겠지만 도로에서 사람이 운전하는 일은 매우 위험한 행동으로 사회적 합의가 이뤄지는 날이 오지 않을까. 우리가 사는 세상은 무엇을 상상하든 생각의 속도가 기술의 속도를 따라잡을 수 없을 만큼 빠르게 변하고 있다.

각종 게임과 스트리밍 서비스, 여행, 캠핑, 영화, 공연, 전시회 등 사람들은 이제 자신을 즐겁게 하는 경험에 돈을 쓴다. 일회적·순간적 접속에 불과한 문화 체험과 개인적 경험을 위해 공부하고 일하며 여가를 보낸다고 해도 과언이 아니다. 바야흐로 공유와 접속의 시대가 도래했다. 소유에 대한 집착에서 벗어나 조금 다른 시선으로 자기 삶을 돌아보고 공유와 접속의 시대로 접어드는 현실을 준비해야 할 때다.

_____ 소유와 접속의 경계에서

8단 붙박이 책장으로 양쪽 벽면이 가득한 작은 방에서 2,000권쯤 되는 책과 함께 지내다 보니 책이 내뱉는 미세먼지를 실감한다. 시간이 지나면서 종이책 먼지는 눈에 띌 정도로 는다. 가끔 아이패드로 전자책을 보지만 손맛을 느끼지 못하는 낚시꾼처럼 입맛을 다신다. 습관이라고 하기엔 종이책이 주는 질감, 무게, 냄새를 포기하기 어렵다. 독서는 책에 담긴 지식과 정보, 재밌는 이야기에 잠시 접속하는 게임이 아니라 오감으로 즐기는 스포츠와 다를 바 없다.

책 욕심만큼 비루한 게 또 있을까. 아무짝에도 쓸모없는(?) 김수영 전집 초판본을 사려고 서점을 기웃거린 기억, 절판된 책을 도서관에서 빌려 읽다가 기어코 헌책방에서 구입한 기쁨을 나눌 사람을 주변에서 찾기 힘들다. 그러다 물리적 공간의 한계 때문에 책을 덜어내기 시작하자 오히려 소유욕과 집착이 사라졌다. 모든 책을 사서 읽던 강박도 버렸고, 사는 곳이 도서관에서 도보 10분도 안 걸리는 '책세권'이라고 자랑 아닌 자랑도 한다.

독서는 그 자체로 소유와 접속의 경계선이 아닌가 싶다. 소유는 물성을 가진 책에 대한 욕망이다. 접속은 인터넷과 다른 방식으로 책과 책들 사이의 길을 찾고 내용과 분야를 가리지 않는 자유롭고 편안한 유목적 책 읽기다. 독일의 수도자이자 종교 사상가인 토마스 아 켐피스는 "이 세상 도처에서 쉴 곳을 찾아보았으되, 마침내 찾아낸, 책이 있는 구석방보다 더 나은 곳은 없더라"[9]라고 고백했다. 누군가는 '아무것도 없는 방에 살고 싶다'고 말하지만 나는 여전히 책으로 가득한 방에 살며 소유와 접속의 언저리에 머물러 있다.

책은 지식의 저장을 위해 필요한 도구지만 더 많은 사람과 공유할 때 비로소 빛을 발휘한다. 나 혼자 읽은 책, 타인이 접속할 수 없는 내용이 무슨 의미가 있겠는가. 인공지능 시대의 독서는 양보다 질과 방법에 조금 더 관심을 가져야 한다. 함께 토론하고 다른 생각에 귀 기울이며 자기 생각을 조금씩 바꿔나가는 독서, 한 권의 책을 시차를 두고 읽으며 자기 변화의 거울로 삼는 독서, 의심하고 질문하며 나름의 해법을 궁구하는 독서야말로 자신의 미래를 위한 독서가 아닌가.

소유와 접속의 사잇길을 산책하기 위해서는 우리에게 고독이 필요하다. 혼자만의 시간은 접속이 아닌 단절이지만 때때로 더 큰 재충전의 기회이며 새로운 다짐의 시간이다. 초연결 시대를 살아도 오히려 고요와 침묵이 더 큰 힘이 될 때가 있다. 멍 때리는 시간[10]은 어떤가. 아무것도 하지 않을 자유를 누린 만큼 내적 에너지가 충만하다. 정보 피로감으로 뇌가 소진 상태일 때는 잠시 고립의 시간을 즐기는 것도 좋다.

어느 시인의 말대로 '자유롭지만 고독하게' 사는 행복을 맛본 사람에게 책은 더할 나위 없이 든든한 친구다. 20세기가 '노하우know-how'의 시대였다면 21세기는 '노웨어know-where'의 시대라고 할 수 있다. 어떤 분야든 비법과 레시피를 공유하는 시대다. 지식과 정보의 위치만 알면 필요할 때 언제든 접속할 수 있는 세상이다. 책을 읽고 나만 알게 된 이야기는 거의 없다. 조금 더 빨리 안다고 해서 큰 이익을 얻을 수 있는 일도 많지 않다. 속도보다 중요한 건 간헐적 고독을 즐기는 일이다. 소유하려는 욕심보다 다양한 세계에 접속하려는 노력이 내적 성장을 위해 도움이 된다.

우리가 걷는 길은 힘들고 험하지만 때로 시원한 바람이 불고 아름다운 하늘을 볼 수 있다. 잠시 고통을 견뎌 훗날의 성공을 기약하라는 '마시멜로 이야기'가 아니라 순간을 즐기고 새로움에 도전하는 접속이야말로 우리가 사는 이유가 될 수도 있다. 나의 미래를 위한 독서는 소유보다 접속이라는 이분법적 논리 게임이 아니라 무엇을 소유하고 어디에 접속하며 언제 단절할 것인지에 대한 자기 점검이다.

쉼 없이
연결하는 읽기

<u>_____</u> 연결하는 독서와 통찰력

　　과학의 발달을 망원경과 현미경에 비유할 수 있다. 좀
더 멀리 혹은 좀 더 자세히 관찰하면 물질의 구성과 자연의 비밀을
밝힐 수 있다. 전체는 부분의 합에 불과하다는 환원주의는 지난 세
기 과학의 진보에 크게 기여했다. 하지만 생명을 가진 유기체는 부
분의 합으로 설명할 수 없는 존재다. 물리학은 한계에 부딪혔고 사
회학은 과학이 필요했다. 복잡계 네트워크 이론의 창시자인 앨버트
바라바시는 이러한 환원주의에 회의를 품었다.[11] 세계를 아무리 작
게 잘라 그 조각들을 맞춰도 전체를 이해할 수 없었기 때문이다. 자

연은 잘 설계된 퍼즐이 아니라 각각의 구성 요소들이 유기적으로 결합한 매우 복잡한 시스템이다. 생명을 가진 인간, 그들이 구성한 사회도 마찬가지다. 하나의 거대하고 복잡한 세계를 이해하려면 전체를 유기적으로 통찰하는 눈이 필요하다.

독서의 가장 중요한 덕목은 통찰력이다. 통찰력은 부분과 전체를 조망하며 사물과 사건이 놓인 상황을 파악하고 원인과 결과를 꿰뚫어 보는 눈이다. 다양한 분야의 독서는 개인의 직접경험을 넘어선다. 책 속에서 만나는 세계를 통해 시야가 트이는 간접경험이 독서의 본질이다. 이를 통해 사람들은 복잡한 연결 고리를 읽어낸다. 개별적·독립적 사건은 거의 존재하지 않는다. 일상에서 매일 벌어지는 많은 일이 그렇고 사회적·역사적 사건도 마찬가지다. 인간은 객관적일 수 없으나 그래도 독서를 통해 중립적 관점을 가질 수 있고, 세계를 입체적으로 파악하는 일이 가능해진다.

사회는 어느 분야의 책을 얼마나 읽었는지에 따라 한 개인의 지적 능력을 판단한다. 이 능력을 증명하는 제도가 각종 시험과 자격증이다. 하지만 한 사람의 능력을 암기 실력이나 지식의 총량으로만 측정할 수는 없다. 더구나 인공지능 시대를 맞는 우리에게 필요한 건 저장과 보관이 아니라 연결과 재구성이다. 복잡한 일의 맥락을 파악하고 다양한 문제 해결 방법을 제안하는 능력이 요구되는 시대다. 네크워크 시대를 사는 인간은 개별적·독립적 존재가 아니라 모든 지식과 정보 그리고 자기 생각과 연결된 존재다.

구시대의 유물처럼 여겨지는 책이야말로 광활한 지식의 네트워크를 자랑한다. 한 권의 책이 단순한 스토리만을 담고 있는 경우는 드물다. 문학이든 비문학이든 관련된 이야기, 지식, 정보는 다양한 분야와 연결되어 있다. 책을 읽다 보면 자연스레 관련된 지식과 정보에 호기심을 갖게 된다. 그래서 좋은 책은 다른 책도 읽게 한다. 같은 분야의 책들끼리는 말할 필요도 없고 문학과 과학, 수학과 철학 사이의 연결 고리도 무궁무진하다. 그 수많은 하이퍼링크를 찾아다니는 즐거움이 인공지능 시대가 요구하는 통합적 사고력이다.

물론 통합적 사고의 힘을 기르려는 목적으로 책장을 펼치지는 않는다. 읽는 즐거움에 도취해서 거대한 책 숲을 거닐다 보면 자연스럽게 지식의 네트워크가 만들어진다. 처음부터 미래 사회를 위한 통합적 사고를 목표로 책을 읽는 건 오히려 역효과가 생긴다. 지금까지 배운 지식의 연결 고리를 찾고 그 고리를 이어갈 수 있는 책을 읽는 편이 좋다. 인접 분야 혹은 서로 다른 분야의 지식과 정보를 통합해보는 일에 재미를 느낀다면 더할 나위 없다.

네트워크 시대의 특징을 이해한다고 해서 읽을 책의 목록이나 읽는 방법에 획기적인 변화가 필요한 건 아니다. 앞에서 언급한 요소들이 지금 읽고 있는 책, 앞으로 읽을 책에서 어떻게 발현되는지 살펴보고 읽는 방법과 태도를 점검하는 정도면 충분하다.

"뭐라고요?"

"메타포라고!"

"그게 뭐죠?"

"대충 설명하자면 한 사물을 다른 사물과 비교하면서 말하는 방법이지."

"예를 하나만 들어주세요."

네루다는 시계를 바라보며 한숨을 지었다.

"좋아, 하늘이 울고 있다고 말하면 무슨 뜻일까?"

"참 쉽군요. 비가 온다는 거잖아요."

"옳거니, 그게 메타포야."

노벨문학상 수상 시인 파블로 네루다와 작은 어촌 마을의 우편배달부가 나눈 대화의 한 장면이다. 〈일 포스티노〉(1994)는 안토니오 스카르메타의 소설 『네루다의 우편배달부』(민음사)를 영화로 만든 작품이다. [12] 원작 소설과 영화는 보는 사람에 따라 색다른 감동을 선물한다. 매체의 차이뿐 아니라 내용과 형식이 다르기 때문이다. 은유법을 이르는 메타포의 가장 큰 특징은 유사성이다. 눈물이든 빗물이든 흘러내리는 물이라는 비슷한 속성 때문에 '메타포'가

성립한다. 시는 다른 어떤 문학보다 감각적 표현과 독특한 상상력이 필요하다. 표현하고 싶은 대상이 무엇이든 유사한 속성이 있다면 어떤 사물, 사람, 사건과의 연결도 가능하다.

같으면 표절이지만 유사하면 패러디다. 하늘 아래 완벽한 창조는 없다. 문학에서 활용하는 비유도 사람들에게 잘 알려진 대상에 참신함을 더하는 방법이다. 독자는 책을 읽는 동안 자기만의 세계를 구축한다. 각자의 스키마에 따라 이해, 분석, 추론 과정에 차이가 생긴다. 모든 독서가 개별적인 이유는 지식의 네트워크가 각각 다르게 작동하기 때문이다. 이는 동일한 지식과 정보가 수용자에 따라 다르게 해석되는 이유이기도 하다. 한 권의 책, 하나의 정보를 데이터라고 가정하면 각각의 데이터는 수많은 지식의 허브 역할을 한다. 이 데이터는 독립적으로 존재할 수가 없다. '핸드드립 커피 내리는 법'을 예로 들면, 원두의 종류, 로스팅, 물의 온도는 물론 그라인더, 서버, 드리퍼, 포트 등 각각의 도구에 대해서도 깊이 들여다봐야 한다. 손으로 내려 먹는 커피라는 단순한 의미를 넘어 미세한 차이가 커다란 맛의 차이를 유발하기 때문이다.

초연결 사회는 견고한 네트워크로 연결된 온·오프라인 기기를 활용하는 세상을 의미한다. 이는 하드웨어 측면에서 바라본 미래 사회의 특징이다. 사물인터넷을 기반으로 사람과 사물이 연결되는 세상이다. 서로 정보를 공유하고 즉시 작동하는 현실이 조금 두렵기도 하다. 이 과정에서 우리는 지식과 정보의 네트워크를 조금 더 확장할 수 있다. 소프트웨어 측면에서 초연결의 중요함을 이해하고, 네트워크의 역할을 조금 더 고민할 필요가 있다. 독서는 물리적인 네트워크 시대에 지식과 정보 그리고 감성의 네트워크를 구축하는 가장 적절한 수단이다. 어떤 책이든 세상의 다른 지식과 연결되어 나름의 목소리를 낸다. 수많은 책 사이의 공통점과 차이점을 읽어내는 일은 지식의 네트워크를 구축하는 첫 번째 단계다. 어떤 책도 독보적인 이론을 들어 영원한 진리를 내세울 수 없다. 책과 책을 연결하고 공통점과 차이점을 생각해보는 시간이 자기만의 빅데이터로 축적된다.

영국의 비평가 새무얼 존슨은 "지식에는 두 종류가 있지. 하나는 우리가 어떤 주제에 대해 직접 아는 것이고, 다른 하나는 관련 정보가 어디에 있는지를 아는 것이라네"라고 충고한다. 앞으로는 무엇을 할 줄 아는 지식이 아니라 정보의 검색과 활용 능력이 더 중요하다. 인공지능 시대에는 지식의 양보다 연결과 통합 능력으로 평가받을 것이다.

_____ 접속과 단절의 시대

사물과 사물뿐 아니라 사물과 인간이 연결된 네트워크는 상상이 아니라 현실이 되어간다. 최근에는 사물인터넷 기능을 탑재한 가전제품과 생활용품 들이 많이 출시되고 있다. 뇌에서 벌어지는 생각을 곧바로 시행하는 기술도 상용화 단계다. 인터넷을 뇌와 연결할 방법도 없지 않을 것이다. 사물인터넷을 넘어 인간 인터넷 시대도 멀지 않은 것 같다.

우리는 텍스트, 이미지, 음성을 통해 쉼 없이 지식과 정보를 습득한다. 단기 기억에서 장기 기억으로 저장되고 필요할 때마다 활용할 수 있는 지식의 네트워크가 형성되는 뇌의 기능은 놀랍다. 인공지능은 인간의 이런 기능을 흉내 내며 무서운 속도로 발전하고 있다. 소유가 아닌 접속의 시대, 경험을 사는 시대, 공유경제의 서막이 오른 지 오래다.

절대 고독은 인간의 존재 조건이다. 아무리 사랑하는 사람이 곁을 지켜도 근원적 고독에서 벗어날 수 없는 인간의 모습은 21세기에도 변함없다. 책을 읽는 동안 타인과 세상은 침묵한다. '나는 누구인가'에 대한 탐구가 모든 독자의 숙명이다. 사회적 관계를 떠나 독립적 존재로서 자신이 어떤 사람이라고 말할 수 있을까. 지금 이대로 괜찮을까. '나'의 욕망은 어디를 향하고 있는가. 무엇을 위해 어떻게 살 것인가. 가장 기본적인 질문에 대한 답을 얻는 시간이 절대 고독의 시간이다. 우리는 연결과 접속을 통해 네트워크의 힘에 기대 살지만 가끔은 단절과 고독이 반가울 때가 있다. 초연결 사회에서 간헐적 고독은 자신을 돌아보는 소중한 시간이다. 과학기술이 발달하고 네크워크가 촘촘해질수록 우리에게 고독이 필요하다는 건 아이러니다.

신학생 두 명이 이야기를 나누다가 첫 번째 신학생이 영적 지도 신부에게 질문을 했다. "신부님, 기도하는 동안 담배 피워도 될까요?" 신부는 물론 안 된다고 말했다. 이를 듣고 있던 친구가 질문이 잘못됐다고 충고한다. "신부님, 담배 피우는 동안 기도해도 될까요?"라고 고쳐 물었다. 신부의 대답은 듣지 않아도 짐작이 간다. 오래된 농담이지만 질문의 중요성을 다시 생각했다. 어디엔가 접속한 상태로 소속감을 느끼고 불안하지 않다면 굳이 고독이 필요하지 않을 수도 있다. 질문의 내용과 변화의 방향과 크기도 그 안에서 결정된다. 그러나 완전한 고립 상태는 완전한 자유를 의미한다. 무엇에도 얽매이지 않은 상태에서 거리를 두고 바라보면 자신의 모습조차 낯설다. 고독한 존재인 미래의 '나'는 어디에 접속해야 할까.

패러다임의
전환을 위한 읽기

_____ 메타인지가 필요한 미래

학연과 지연 콤플렉스는 한국인의 무의식에 뿌리 깊이 자리 잡고 있다. 학맥과 인맥으로 보이지 않는 카르텔이 형성되는 일은 우리 사회만의 고질병이 아니다. 과거에도 그랬고 앞으로도 그럴 것이다. 그것은 같은 학교를 졸업한 동문이나 같은 고향 출신이라서가 아니라 태생적으로 무리 짓는 인간의 성향과 강렬한 소속의 욕구 때문이다. 문제는 이런 본능적 속성이 미래 사회가 요구하는 능력 검증에 방해가 된다는 점이다.

대한민국 출판계 스테디셀러의 한 분야가 학습법이다. 공부는 본질적으로 심층적 독서에 해당한다. 텍스트를 이해하고 내면화해서 다양한 상황에 활용할 수 있으면 공부를 못할 수가 없다. 점수를 높이는 공부, 시험에 합격하는 공부, 자격증을 얻는 공부, 승진을 위한 공부는 모두 경쟁에서 이기기 위한 제로섬 게임이다. 상대평가를 위한 공부는 즐거울 리 없고 한정된 승자를 위한 전쟁이다. 독서와 공부가 유사한 개념임에도 불구하고 두 개의 영역은 별개로 취급되거나 공부가 지겨워 책까지 멀리하게 된다. 누구도 해결하지 못하는 이런 현상은 우리 모두가 해결해야 할 숙제다.

성인이 된 후에도 마찬가지다. 책 읽는 사람이 줄고 삶에서 독서가 차지하는 비중이 점차 낮아지는 이유는 4차 산업혁명의 물결이 몰아치고 인공지능이 세상을 지배하는 시대가 되었기 때문이 아니다. 시험, 자격증, 승진을 위한 공부만이 도움이 된다는 착각 때문이다. 과연 그럴까.

'메타인지metacognition'는 자신의 인지 활동에 대한 지식을 조절하는 능력이다. 쉽게 말하면 자신이 아는 것과 모르는 것에 대해 인지할 수 있는 능력이며, 이를 개선하기 위한 계획과 실행 전반에 관한 능력이다. 자신이 '안다'고 생각하는 지식은 둘로 나뉜다. 첫 번째는 내가 알고 있다는 느낌은 있는데 설명할 수 없는 지식이고 두 번째는 내가 알고 있다는 느낌뿐만 아니라 남들에게 설명할 수도 있는 지식이다. 두 번째 지식이 진짜 지식이며 자신이 활용할 수 있는 지식이다. 메타인지적 지식은 이렇게 자신이 무언가를 배우거나 실행할 때 아는 것과 모르는 것을 정확히 파악할 수 있는 능력이다. 메타인지적 지식은 헛된 노력과 각자의 '삽질'을 줄여준다. 아는 걸 또 공부하느라 시간을 허비하는 대신 자신이 모르는 분야에 집중할 수 있기 때문이다. 자신이 모르는 부분을 정확히 안다면 메타인지적 기술이 필요하다. 모르는 부분을 해결하기 위한 다양한 전략을 활용하는 능력이 여기에 해당한다.

독서가 메타인지적 사고력을 기르는 데 더할 나위 없다는 사실은 이미 검증됐다. 메타인지적 지식의 핵심은 '설명'이다. 아인슈타인은 어떤 개념에 대해 아주 쉽게 설명할 수 없다면 그건 아는 게 아니라고 단호하게 말했다. 독서는 객관식 시험이나 상대평가로 그 결과를 측정하기 어렵다. 객관식 독서 능력 평가 따위가 아이들을 독서에서 얼마나 멀어지게 하는지 굳이 설명할 필요가 있을까. 성인들도 마찬가지다. 각종 독서 인증제는 메타인지와 거리가 먼 형식에 불과하다. 독서는 고도의 초인지 전략이 필요하다. 초기 단계에는 누군가의 설명과 도움이 필요할 수도 있지만, 능숙한 독자의 경우 자기가 아는 부분과 모르는 부분을 정확히 파악하며 책을 읽는다. 모르는 부분은 보충 자료나 다른 책을 통해 스스로 보완하고 지식과 정보의 양과 질을 높인다. 자율적인 독서 전략 수립이 가능하고 꼬리에 꼬리를 무는 책 읽기로 이어진다.

_____ 패러다임 전환을 위한 독서

어떤 책도 정답을 제시하기 위한 노력은 헛되다. 과학적 진리조차 영원하지 않다. 패러다임의 전환은 기존의 정상 과학체계를 폐기하고 완전히 새로운 시스템을 구축하는 일이다. 과학은 단계적·직선적으로 발전하는 게 아니라는 의미다. 하나의 패러다임에서 다른 패러다임으로 넘어가는 것은 덜 좋은 것에서 더 좋은 것으로의 변화가 아니라 다른 것으로의 변화다. 과학의 발전은 세상에 대한 절대적 진리를 향해 이론과 지식이 누적되어 나아가는 게 아니라, 하나의 패러다임에서 다른 패러다임으로 단절적 변화를 연속적으로 겪는다는 것이 쿤의 주장이다.[13] 하물며 우리가 믿는 지식과 정보는 어떤가. 상황과 맥락에 따라 다른 해석이 가능하지 않은가. 인간은 확증 편향으로 인지 부조화를 이겨내려는 어리석음을 극복할 수 있을까.

의심과 질문이 없는 독서는 폐쇄적 자기 강화 메커니즘에 기여할 뿐이다. 자기 생각과 믿음을 확고히 하려는 노력은 정보의 취사선택, 합리적 판단 능력, 논리적 사고력의 부재에서 비롯된다. 인터넷 뉴스 기사나 유튜브 영상을 클릭하면, 인공지능은 스마트폰과 PC를 가리지 않고 집요하게 유사한 뉴스와 정보를 제시한다. 객관적 사실과 주관적 진실이 혼재하는 현실에서 독자가 스스로 판단하고 선택하는 일은 만만치 않다. 전문가의 권위가 상실되고 지식인의 입지가 좁아지면서 각자가 만든 진실과 믿음 속에서 하루하루를 살아간다.

책이 누렸던 권위도 예전과 다르다. 책도 한 사람의 의견에 불과하다. 검증된 이론과 정교한 논리로 설득하지 못하면 권위자라도 신뢰하기 어렵다. 서로 다른 이론, 의견, 지식, 정보, 주장이 부딪치고 갈라지는 경우도 많다. 사정이 이러하니 지식과 정보를 편집하는 능력은 더욱 중요하다. 미래 사회는 단순히 객관적 사실을 취합하고 관련 정보를 수집하는 차원을 넘어 패러다임의 전환과 새로운 방법과 대안을 원한다. 문제를 인식하고 원인을 분석한 후 자기만의 방법으로 해결책을 찾는 노력이 미래를 좌우한다.

사람들이 무리를 따르는 이유는 대부분 그것이 가장 안전한 방법이기 때문이다. 그들의 행동은 케인스가 『일반 이론』(비봉출판사)에서 한 말과 일치한다. "세상에 널리 퍼져 있는 처세술에 따르면, 안전한 방법을 택해서 실패하는 것이 모험을 감행해 성공하는 것보다 낫다."[14] 때로는 대중의 지혜보다 개인의 선택이 더 나을 수도 있다. 중우정치를 우려했던 플라톤은 민주주의에 대한 문제점을 지적했다. 그렇다고 영웅과 철인에 의한 독재가 옹호될 리 없다. 사회제도와 경제체제는 특정 이론과 하나의 시스템으로 고정할 수 없다. 그것을 어떻게 운용하는지에 따라 전혀 다른 사회가 되기 때문이다. 똑같은 민주주의 정치체제에서도 리더의 정치적 역량과 시민들의 태도에 따라 전혀 다른 사회가 탄생한다. 한 권의 책에서 누가 어떤 주장을 했다고 해서 그것이 정답은 아니다. 그것은 더 나은 미래를 위한 논의의 시작에 불과하다. 열린 자세로 정보의 가치를 평가하고 고민하는 과정에서 창조적인 대안을 얻을 수 있다. 독서는 잘 처리된 지식과 정보의 습득 과정이 아니라 각자의 선택과 판단에 따라 좀 더 나은 지식과 정보를 생산하는 과정에 불과하다.

인간을 위해 자연을 개발하려는 노력으로 인류의 물질문명은 발전해왔다. 경제는 끝없이 성장하고 인구 팽창, 빈부 격차, 난개발, 환경 파괴 등의 문제는 사소한 부작용으로 치부했다. 싸워 이기고 살아남아 승자가 되려는 태도를 바꾸지 않으면 미래를 위한 읽기는 무의미하다. 패러다임의 전환을 위한 독서는 나의 내일과 우리의 미래를 위한 최소한의 고민이 아닐까.

_____ 암산왕, 주산왕의 추억

텔레비전에서 전국 주산왕, 암산왕 우승자를 가리는 대회를 생중계하던 기억이 떠올랐다. 궁금해서 검색을 해보니 어떤 사기업에서 '전국주산암산경시대회'라는 이름으로 아직도 진행되고 있어 놀랐다. 아이들의 두뇌 발달과 학습 능력에 얼마나 도움이 되는지는 알 수 없지만, 단순 계산 능력은 이제 아날로그 시대의 추억으로 남겨야 한다는 점은 분명한 사실이다. 수학 시험에 전자계산기를 허용하는 미국은 우리보다 과학기술 수준이 높다.

고도성장을 목표로 앞만 보고 달리던 산업사회에 필요한 교육은 주입식·암기식이었다. 속도와 결과로 평가하고 수치로 표시한다. 그렇게 한 인간의 능력을 비교할 수 있다는 인식은 지금도 여전하다. 다중지능 이론을 주창한 하워드 가드너에 따르면 현행 학교 교육과 입시 제도는 여러 가지 문제가 있다. 더구나 부모의 사회 계층과 자산이 자녀교육에 미치는 영향은 절대적이다. 시대의 흐름과 사회의 변화는 우리에게 다른 '능력'을 요구한다. 20세기의 교육과 평가 방법으로 21세기를 준비하긴 어렵다. 언제나 한발 늦게 변화를 뒤쫓는 교육 현실이 안타깝지만, 사회 변화를 선도할 수 있는 교육 시스템을 구축하는 일은 더더욱 어려워 보인다.

단 하나의 정답, 단 하나의 목표를 향해 달리는 전체주의, 획일주의는 고효율, 고성장을 주도한다. 경제 성장률은 상승곡선을 그리고 국가 전체의 부가 증가한다. 산업혁명 이후 이른바 굴뚝 산업 시대의 모습이 이러했다. 1, 2차 세계대전 이전과 이후 세계 경제 상황을 대륙별로 면밀하게 검토한 토마 피케티는 출산율의 하락과 더불어 저성장 시대에 직면한 오늘의 자본주의가 어떤 문제를 안고 있는지 날카롭게 지적한다.[15] 이른바 세습 자본주의 시대를 사는 우리는 어떤 미래를 설계해야 할까. 정치와 경제뿐 아니라 우리 사회 모든 분야에서 함께 고민할 문제다.

한정된 시간에 많은 문제의 정답을 잘 찾는 능력으로 미래를 준비하기 어렵다는 상황 인식은 모두가 공유한 듯하다. 사회는 유기체와 같아 문명 발달의 속도에 맞춰 제도와 시스템을 바꿔야 하고, 가장 느리게 변하는 사람들의 인식도 바뀌어야 한다. 지금 우리가 고민하는 읽기의 미래 또한 이런 상황 인식에서 출발했다. 빠른 속도로 정확한 답을 찾는 일을 대체할 인공지능의 등장으로 독서, 아니 공부의 목적과 방향이 달라졌기 때문이다.

답을 찾는 일도 중요하지만 이제 정답이 없는 상황을 준비해야 한다. 지금과 전혀 다른 문제 해결 방법을 찾는 연습도 필요하다. 속도가 아니라 방향과 목적지를 다시 점검할 시간이다. 책은 시대정신을 반영한다. 어떤 분야의 책이든 당대 사회의 지향점에 대한 고민이 담겨 있다. 문학은 말할 필요도 없다. 이 시대의 독서는 성장 사회의 어두운 그림자를 돌아보고 변화의 흐름을 읽는 안목을 길러준다. 매일 반복되는 일상에서 시대의 흐름을 읽는 일은 인터넷 뉴스만으로 가능하지 않다.

15세기 지구 구형설, 신대륙 발견, 인쇄 혁명, 종교개혁은 중세 가톨릭교회의 권위를 무너뜨렸고 르네상스로 이어졌다. 21세기 정보화 기술, 인터넷, 빅데이터, 인공지능은 세계를 지탱해온 인본주의, 합리주의, 권위주의, 국가주의 등 기존 질서를 무너뜨리고 있다.[16] 지식과 정보의 습득과 활용 방법도 급격한 변화를 맞고 있다. 기존 질서에 순응하는 수동적이고 소극적인 독서로 미래를 준비하기 어렵다. 지나간 독서의 추억은 남겨두더라도 이제 다가올 미래를 위해 세상의 모든 지식과 정보를 제대로 읽을 시간이다.

3장

미래를 읽는
독서 방법

공시적 관점을
확보하라

─────── 자신의 위치를 파악하라

조선 시대 마당쇠는 태어난 동네에서 반경 10리를 벗어나지 않고 살다가 죽을 수도 있었다. 점순이의 삶도 크게 다르지 않았다. 건넌마을 돌쇠에게 시집을 갈 수는 있겠으나, 산이 많고 교통수단이 거의 없던 당시의 물리적 생활공간은 그리 넓지 않았다. 1989년 해외여행 자유화 조치가 시행되기 전에는 대한민국을 벗어나기 어려웠다. 30년 전만 해도 평범한 사람들이 언제든 자유롭게 해외여행을 떠나는 일은 불가능했다. 갈 수 없는 장소, 가본 적 없는 곳은 비현실적인 공간이 아닌가. 공간의 제약은 생각의 제약으로 이어진다. 특별한 장소에 대한 환상을 간접경험으로 대리 만족할 수밖에 없던 시절이 그리 멀지 않다.

농경민족인 우리에게 달은 언제나 친근한 대상이었다. 토끼가 방아 찧는 모습은 조상 대대로 전해지는 정서적이고 심미적인 감동을 주는 상상력이다. 그래서 먼 하늘 달나라에 우주선을 쏘아 올려 첫발을 내디딘 암스트롱의 발자국 사진은 놀라운 현실의 흔적이다. 공간의 제약이 사라진 시대를 사는 인류의 꿈과 환상은 작고 초라해졌다. 이제 무엇을 상상하든 우리의 꿈은 현실이 될 가능성이 크다.

미래를 준비하기 위한 책 읽기 비법은 따로 있는 게 아니다. 과거와 현재를 다시 살피며 기존의 방법들을 점검하고 변화를 시도하는 정도면 충분하다. 우선 '공시적' 태도가 필요하다. 스위스 언어학자 소쉬르가 언어학 연구 방법론으로 제시한 공시적 관점은 개별적 요소보다 체계와 구조를 이해하려는 노력이다. 다음 꼭지에서 다룰 '통시적' 관점이 전체적인 맥락과 시간의 흐름 속에 놓인 상황을 살피는 역사적 태도라면, 공시적 관점은 당대성을 포함한 횡적 구조를 파악하려는 태도를 말한다. 역사 분야의 책은 '지금 여기' 있는 나의 좌표를 확인하는 데 도움을 준다. 나는 지금 어디에 서 있는가. 아무리 상세한 지도를 활용할 수 있어도 현재 위치를 파악하지 못하는 내비게이션은 쓸모가 없다. 멋진 내일을 위해 기막힌 계획을 세우더라도 자신의 위치를 모르는 상태에서 미래를 준비할 수는 없다.

미래를 준비하는 독서는 바로 이 시대에 필요한 삶의 태도다. 한 분야를 깊이 들여다보며 전문성을 길러야 하는 일이 아니라면 다양성에 초점을 맞추는 편이 좋다. 깊이보다 넓이를 확보하라. 개별 학문의 통합은 다양한 형태로 이뤄지고 있다. 어떤 미래를 준비하든 인접 영역에 대한 이해와 관련 분야에 관한 폭넓은 독서가 새로운 내일을 만드는 데 도움이 된다.

우리는 대한민국뿐만 아니라 지구 곳곳의 다양한 사람들과 이 시대를 함께 살아간다. 서로 다른 생각과 감정과 욕망이 충돌하지만 더불어 살아야 할 사람들이다. 자기가 속한 공동체가 지향하는 사회를 점검하고, 함께 이루고 싶은 꿈을 확인해보자. 이렇게 타인과 세상을 이해하려는 노력으로 책을 읽는 태도가 공시적 관점이다. 세상 사람들은 무엇을 위해 어떻게 사는지, 그것이 왜 중요하며 어떤 의미가 있는지 살펴보자. 장류진의 『일의 기쁨과 슬픔』(창비)을 읽으면서 세대 차를 절감했고 낯선 시선에 당혹스러웠다. 나이 차이가 아니라 타인을 대하는 태도, 세상을 바라보는 관점의 차이를 확인했고 내 감정과 욕망에 대해 생각했다. 인간은 누구나 타인에게 인정받으려는 욕구가 있다. 그걸 표현하는 방식이 다를 뿐이다.

지금, 이 시대를 살아가는 나의 일상생활과 미래의 꿈은 어느 방향을 향하고 있는가. 독서가 나에게 어떤 의미이며 내 삶에 어떤 역할을 하는가. 공시적 관점으로 좀 더 분명하게 자신을 바라보고 미래를 준비할 시점이다.

_____ 소설과 에세이를 넘어서라

독서는 여전히 인간을 스스로 귀하게 만드는 최고의 방법이다. 존재의 근원과 삶의 이유를 자문하고 자연의 신비를 탐구하며 예술적 감수성을 길러 인간의 삶을 풍요롭게 한다. 철학적 화두를 던지는 책부터 잡학 상식에 이르기까지 책은 인류에게 친절한 교사이자 냉철한 상담자의 역할을 한다. 미래에는 이런 기능과 역할이 사라질까. 아마 그렇지 않을 것이다. 과학기술의 발달과 편리한 생활이 존재론적 질문에 다가서는 계기가 될 수도 있다. 눈에 보이지 않는 관념의 세계, 언어가 구현하는 추상적 이미지가 구체적이고 현실적인 상상력의 바탕이 되지 않을까.

독서에는 개연성 있는 허구의 세계, 즉 감각적 소설과 감성적 에세이 너머의 세계를 볼 수 있는 안목을 제공하고 주변으로 시야를 확장하는 공시적 관점이 필요하다. 더불어 사회, 정치, 경제, 문화에 대한 배경지식뿐 아니라 나름의 관점이 요구된다. 먼저 자신의 독서 스타일과 분야를 점검해보자. 흔히 문학과 비문학, 픽션과 논픽션으로 구분하는 이분법도 좋고 인문, 사회, 자연, 예술로 나누는 사분법도 좋고 듀이가 개발한 도서관의 십진분류법도 좋다. 문학은 철학에서 예술까지 인간과 세계의 모든 분야를 반영하기 때문에 부피와 무게로 다른 영역과 비교할 수는 없다. 하지만 문학에 매몰된 독서는 현실적인 감각을 무디게 한다.

독서는 대부분 문학으로 시작한다. 인간의 이야기 본능을 자극하는 숱한 민담, 동화, 소설은 그대로 놀이 문화의 중심이 되고 스토리텔링에 의해 자극된 호기심은 다른 분야의 독서로 전이된다. 하지만 문학에서 멈춘 채 독서를 더 이상 확장하지 못하는 사람들도 많다. 문학은 문학대로 풍부하고 다양한 가치를 함축하고 있으나, 현실적인 문제를 해결하고 실현 가능한 미래를 위한 분야의 독서로 나아갈 필요가 있다. 지금까지 자신의 독서 이력을 돌아보자. 어떤 분야의 책을 어떤 방식으로 읽었는가. 전공, 직업과 관련된 분야의 독서에만 편향된 건 아닌가. 다른 관심 분야로 확장하거나 새로운 영역에 도전할 필요는 없는가.

시야를 넓히고 멀리 내다보는 안목은 저절로 만들어지지 않는다. 세월이 흘러 나이를 먹고 한 분야에서 오래 일하다 보면 자연스레 성장한다는 생각은 바람직하지 못하다. 같은 직종에서 일하는 사람들의 인생이 비슷한가. 삶의 만족도와 지향점이 같은가. 이른바 '꼰대 문화'의 절정은 나이와 경험이다. "너 몇 살이야?", "내가 해봐서 아는데", "라떼는(나 때는) 말이야"로 시작되는 말은 아무도 듣고 싶어 하지 않는다. 정확한 판단과 적절한 충고, 경험에서 우러나온 혜안을 누가 마다하겠는가. 그러나 시간이 모든 걸 해결해주지는 못한다. 전공과 직업이 비슷해도 얼마나 넓게 그리고 멀리 보며 고민했는지에 따라 과거와 현재는 물론 미래의 삶이 결정된다. 공간적 거리에 구애받지 않으며 지역과 국경을 넘나드는 독서가 자신의 존재감을 키운다. 거인의 어깨에 올라탄 채 세상을 보면 건물의 모양과 자신의 위치가 달리 보인다.

　대학 졸업 후 18년간 같은 편의점에서 일하는 소설의 주인공 후루쿠라 게이코의 평온한 일상이 생각보다 슬픈 건 아니다.[1] 편의점 창 너머 세상이 궁금하지만 지낼 만하고, 루틴이 주는 안정감도 그런대로 괜찮아 보인다. 게이코가 손님이 없는 시간에 오찬호의 『하나도 괜찮지 않습니다』(블랙피쉬)나 장강명의 『당선, 합격, 계급』(민음사) 같은 책을 뒤적였다면 어땠을까. 책 한 권이 인간의 운명을 송두리째 뒤흔들기도 한다. 공시적 관점의 책 읽기는 한 분야의 전문가로 거듭날 수 있는 좁고 깊은 독서에서 벗어나 전체는 부분의 합보다 크다는 사실을 확인하는 과정이다. 인공지능 시대의 책 읽기는 단편적인 지식과 상세한 내용을 아는 것도 중요하지만 맥락과 흐름을 파악하는 태도가 더 중요하다는 사실을 깨닫게 한다. 책이 일차적으로 내면을 성찰하는 도구라면, 이차적으로는 세계를 반영하는 거울의 역할을 한다.

_____ 멀리 보고 장기전에 대비하라

2017년에 프랑스 작가 두 사람이 1985년 노벨문학상 수상자인 클로드 시몽의 소설 일부를 발췌해 출판사 19곳에 보냈다. 그랬더니 7곳에서는 아무런 응답이 오지 않았고, 12곳은 출간 거절 의사를 밝혔다.[2] "표지만 보고 책을 판단하지 말라Don't judge a book by its cover"라는 서양 속담은 삶의 행동 지침으로 삼을 만하다. 우리는 눈을 뜨고 있으나 보지 못하며 귀가 있으나 듣지 못하는 경우가 많다. 눈앞에 놓인 작은 이익에 자신을 잃기도 한다. 현상과 본질을 구분하고 전체 구조를 파악하며 상황과 맥락을 읽는 능력은 꾸준한 연습과 노력을 통해 기를 수 있다.

무리에서 떨어져 나온 갈매기 조나단 리빙스턴은 눈앞의 먹이가 아닌 다른 무언가를 향해 비상한다.[3] 자유를 향한 그의 노력과 의지는 동료들이 이해할 수 없는 행동이다. 높이 나는 새가 멀리 본다는 주장보다, 높이 날면 자세히 볼 수 없고 디테일에 약하다는 반론이 오히려 현실적으로 들린다. 두 가지 모두 놓치고 싶지 않다. 그래서 우리는 일상에 충실하며 이익에 따라 행동하면서도 미래를 걱정한다.

건물을 지을 때 사용하는 조감도鳥瞰圖는 날고 있는 새의 눈높이에서 내려다본 건물의 미래다. 인간은 새와 다른 높이에서 사물과 사람을 바라본다. 어린아이의 눈으로 보면 세상은 거대한 공룡들의 세계와 같다. 아이들이 공룡을 좋아하는 이유가 그래서일까. 지금 우리가 서 있는 자리에서 벗어나 공간을 이동하는 상상력을 발휘해보자. 윗집의 층간 소음, 이웃 나라의 바이러스, 지구 반대편의 전쟁이 새삼스럽다. 이해의 폭을 넓히려는 목적으로만 책을 읽는 건 아니다. 공간의 확장은 사고의 확장을 의미한다. 타인과 세상을 향한 상상력은 그대로 나의 현재와 미래의 상황을 이해하는 힘이다. 단순히 아는 게 힘이라는 생각에서 벗어나 구체적인 맥락을 파악하고 공간지각 능력을 키워 나와 세상과의 관계를 조망해보는 건 어떤가. 독서는 나를 둘러싼 세계에 대한 무한한 관심이다.

조금 더 높이 날아올라 조금 더 멀리 보려고 애쓰는 조나단 리빙스턴이야말로 독서를 통해 조금 더 나은 삶으로 도약하려는 독자의 모습이 아닐까. '가치 있는 삶'이 무엇이며 어떤 의미가 있는지에 대해 조나단 리빙스턴은 우리에게 질문을 던진다. 마치 니체의 '위버멘쉬Übermensch'[4]가 갈매기의 모습으로 우리에게 나타난 것처럼. 근거도 없이 명분만으로 유지되는 세상의 질서 체계에 대한 도전이 조나단의 비상이다. 독서는 기존 체제와 질서에 대한 도전이며 더 나은 세상을 향한 몸부림이라는 사실을 깨닫게 한다. 자기 미래를 위한 고민이 이 모든 생각의 출발점이며 종착지다.

'돈이 되는 일이 아니면 움직이지 말라'는 말을 들으며 자랐다는 어떤 사람의 고백을 들은 적이 있다. 부모가 자식의 앞날을 걱정하는 진심 어린 충고였으나, 성인이 된 자식은 그 말 한마디를 통해 부모님의 일생을 돌아보았고, 자기 삶의 목적과 가치를 깊이 고민하게 되었다고 한다. 그 부모님의 기준에 따르면 독서는 돈이 될까. 이 질문의 답은 독자의 판단에 맡길 수밖에 없다. '소설 나부랭이나 읽으면 가난하게 살게 된다'는 옛 어르신들의 말처럼 이야기는 상상력을 부추기고 현실과 동떨어진 꿈을 꾸게 한다. 그러나 공시적 관점으로 세상 곳곳의 일에 호기심을 갖고 다양한 분야에 관심을 갖는 사람은 어떤 일을 하든 다른 사람보다 경쟁력이 있지 않을까. 책은 돈이 될 수도 있다. 넓은 의미에서 모든 책은 자기계발서다.

전체 그림과 진행 방향을 알면 지금 자기가 하는 일의 의미를 파악할 수 있다. 시간과 노력을 들여 책을 읽고 사유의 공간을 확장하며 공시적 관점으로 사람과 사물을 바라보면 새로운 세상이 기다린다. 같은 유적지에 다녀와도 사람마다 생각과 감동이 다른 이유가 궁금하다면 '아는 만큼 보인다'는 식상한 말의 의미를 되새겨볼 필요가 있다. 구조를 이해하고 공간을 확장하는 일은 여행을 통한 직접경험보다 더 지속적이고 단단하게 자신의 사유 체계를 리모델링하는 작업이다. 미래를 위해 기초를 다지는 독서는 건물이 들어서기 전에 조감도를 그리듯 자신과 세상의 모습을 그려보는 일과 유사하다.

통시적 관점으로
세상을 보라

_____ 역사를 통해 미래를 전망하라

데이비드 크리스천은 "나타났다 사라지는 세상의 모든 것은 꿈이나 환영, 물거품이나 그림자, 이슬이나 번개 같은 것이다"[5]라는 『금강경』 제4구게의 문장을 『시간의 지도』(심산) 맨 앞에 새겨놓았다. 텍스트는 콘텍스트에 따라 적절한 의미로 해석된다. 그는 '빅 히스토리Big history'라는 용어를 처음 사용하며 통시적 관점으로 인간과 세상의 역사를 새롭게 해석했다. 130억 년으로 추정되는 시간의 지도를 그리면서 데이비드 크리스천이 어떤 느낌이었을지 짐작이 간다. 기껏해야 100년도 제대로 살지 못하는 우리의 삶은 영겁의 시간 앞에서 점으로도 표시하기 어렵다.

우주에는 은하가 대략 1000억(10^{11}) 개 있고 각각의 은하에는 저마다 평균 1000억 개의 별이 있다. 모든 은하를 다 합치면 별의 수는 10^{22}($10^{11} \times 10^{11}$)개나 된다. 게다가 각 은하에는 적어도 별의 수만큼의 행성들이 있을 것이다.[6] 우주의 크기를 설명하는 과학자 칼 세이건의 이야기를 듣고 밤하늘을 올려다본다. 우리가 사는 지구는 우주의 크기에 비하면 점으로도 찍을 수 없을 만큼 작다.

종종 거시적인 관점으로 시간과 공간을 이해하기 위해 굳이 두툼한 과학책이나 역사책을 들여다볼 필요가 있느냐는 질문을 받는다. 찰스 다윈이 『종의 기원』(사이언스북스)을 통해 애써 증명하려던 '진화'는 결국 켜켜이 묻은 시간의 때를 벗기는 작업이었다. 생명의 기원을 밝히고 인간이 탄생한 과정을 추적하며 상상의 질서가 만들어진 이유를 고민하는 건 호기심 때문만은 아니다. 나는 누구인지, 세상은 어떤 곳인지 살피기 위한 가장 근본적인 질문이 여기에서 시작되기 때문이다. 통시적 관점은 단순히 지난 시간을 돌아보는 회귀적 태도만이 아니다. 미래를 위한 독서는 오히려 현재를 만든 과거에 대한 성찰에서 출발하는 것이 좋다. 현재는 오래된 미래이며 미래는 오래된 현재일 가능성이 크다.

데이터 과학자인 세스 스티븐스 다비도위츠는 검색창이 곧 자신의 정체성이라고 말한다. "나는 빅데이터가 자기계발 분야에서 유명한 말, '자신의 내면을 타인의 외면과 비교하지 말라'를 21세기식으로 이렇게 업데이트할 수 있다고 생각한다. '당신의 구글 검색을 타인의 소셜미디어 포스팅과 비교하지 말라'[7]라는 말로 현대인의 욕망을 분석한다. 개인적인 검색 데이터의 축적은 한 사람의 내면을 적나라하게 드러낸다. 관심, 고민, 취미, 신념 등 개인의 삶을 고스란히 들여다볼 수도 있다. 과학기술의 발달은 예상보다 빠른 속도로 개인과 사회를 변화시킨다.

조선 시대 왕의 행적, 중세의 종교와 정치가 궁금해서 역사를 공부하는 사람도 있겠지만 인류가 걸어온 길을 돌아보고 나의 미래를 고민하는 사람에게는 그 목적이 조금 다를 수도 있다. 행동경제학자 리처드 탈러는 '역사와 지혜는 강의나 역사책이 아니라 일화나 웃긴 이야기, 재치 있는 농담을 통해 한 세대에서 다음 세대로 넘어간다'는 유대인의 농담을 인용한 적이 있다.[8] 역사는 지식의 영역이 아니라 지혜의 샘이다. 같은 실수를 반복하지 않으며 새로운 길을 모색하려는 사람에게 진지한 고민의 시간을 선물한다. 언론인인 톰 필립스는 호모 사피엔스가 지금까지 반복한 실수와 화려한 바보짓을 『인간의 흑역사』(월북)로 정리했다. 우리는 이런 책들을 뒤적이며 경제 이론과 역사 지식 대신 통시적 관점에서 인류의 삶을 이해하고 선조들의 지혜를 내면화한다. 그것이 현재보다 나은 미래를 준비하는 첫걸음이 아닐까.

_____ 미시사를 통해 자기 삶의 맥락을 파악하라

"과거는 이미 흘러갔고 미래는 아직 오지 않았으며 현재는 머물지 아니하므로 시간은 실재하지 않는다"[9]라는 회의론자의 추론은 타당한가. 궤변처럼 들리는 이 말은 인간의 삶에서 손에 잡히지 않는 시간의 본질을 잘 묘사한다. 현대인은 대개 '나인 투 식스(9 to 6)'의 틀에 신체 리듬을 맞춰 산다. 군대, 직장, 노인정, 국회 어디서든 시간은 똑같이 흐르고 누구에게나 24시간은 공평하게 주어진다. 자연의 질서 앞에 인간은 숙연해진다. 자본과 권력의 균등 분배는 이루어질 수 없는 이상에 불과하다. 경제학자 류동민은 자본주의 사회에서 시간이 어떻게 돈이 되었는지 추적하면서 단기적인 일상에 파묻히지 않고 개인의 행동이 사회 전체의 구조와 연결되는 지점과 방식을 이해하는 것, 즉 사회과학적 시야를 가지려고 노력하는 일은 매우 중요하다고 강조한다.[10] 인문학적 상상력으로부터 유리된 사회과학의 논리는 무가치할 뿐만 아니라 해롭기까지 하다는 그의 생각은 개인과 사회에 미치는 독서의 영향으로 바꿔 읽어도 그 의미가 변하지 않는다.

개인의 시간은 자신이 가진 자본과 권력에 따라 달라진다. 같은 시간이지만 질적 차이가 돈으로 환산된다. 선거에서는 18세 고등학생도 대통령도 평등하게 한 표를 행사한다. 평등선거의 원리에 따른 민주적 절차다. 보통선거, 비밀선거, 직접선거도 마찬가지다. 민주주의는 재산, 신분, 성별, 인종, 종교, 문화, 교육 정도에 따라 사람을 차별하지 않는다. 하지만 자본주의는 이를 인정하지 않는다. 개인의 노동과 그 가치는 철저하게 자본의 논리에 따른다. 그러나 시급 1만 원이 안 되는 비정규직과 시간당 수십만 원의 수임료를 받는 변호사 모두 개인적으로 활용할 수 있는 시간의 가치에는 차이가 없다. 더 많이 벌기 위해 자기계발에 투자하든 취미 생활을 하거나 휴식을 취하든 개인의 선택일 뿐이다. 그러나 사생활에 부여된 시간조차 자본의 논리를 들이대고 사회적 시간의 잣대로 환산하는 삶을 당연하게 받아들이는 사람도 적지 않다. 사람은 무엇으로 사는가.

책 읽는 시간을 기회비용으로 계산해보자. 이제 막 대학에 들어간 스무 살 청년이 환갑이 될 때까지 매주 한 권씩 책을 읽는 열혈 독서가로 산다면 40년 동안 2,000권을 읽게 된다. 책 한 권을 천천히 읽는 데 다섯 시간이 걸린다면 대략 1만 시간이다. 시급 1만 원으로 계산하면 평생 1억 원 정도를 투자하는 셈이다. 독서 시간을 투자의 개념으로 접근할 때 더 가치 있는 일은 무엇일까. 한 인간의 시간을 가장 가치 있고 효율적으로 사용하는 방법에 대한 정답은 없다. 사회의 요구, 개인적 관점에 따라 조금씩 차이가 있지만 자유롭고 행복하게 시간을 보낼 수 있는 방법 중 한 가지가 독서다.

어제와 다른 오늘, 오늘과 다른 내일을 준비하는 사람에게 통시적 관점은 자기 삶의 전체적 맥락을 파악하는 힘이다. 생애 주기별 실천 목록과 버킷리스트를 만드는 일도 중요하지만 자기 삶의 과거와 현재를 성찰하고 미래를 고민하는 시간은 무엇과도 바꿀 수 없다. 과학, 역사, 문화인류학, 예술에 대한 관심은 인류의 삶, 자연의 질서를 이해하는 바탕이다. 개별 학문의 역사는 지식을 습득하고 연구 과제를 선정하는 필수 조건이다. 지금 이 시대를 사는 사람들의 공통 관심사, 공동체가 이루려는 목표, 미래의 비전을 공유하는 일만큼 자기 생애 주기에 맞는 고민과 미래에 대한 준비도 필요하다. 개인과 사회는 뗄 수 없는 관계지만 자신이 추구하는 삶의 목표와 방향을 살펴보는 일이 우선이다.

1730년대 파리의 한 인쇄소에서 고양이를 모의재판에 회부한 뒤 교수형에 처한 일이 있었다. 견습공들은 눈에 띄는 고양이들을 무자비하게 폭행하고 학살한다.[11] 이보다 앞서 1540년 말 피레네 산맥 근처 프랑스의 한 마을에서 부인과 아들을 두고 집을 떠난 마르탱 게르가 오랜 세월이 흐른 후에 돌아온다. 딸까지 낳아 잘살고 있었으나 이번에는 진짜 마르탱 게르가 돌아온다. 재판에서 가짜 마르탱 게르의 주장은 거짓으로 드러났다. 훗날 이 사건은 영화로 제작되어 지금까지도 사람들 입에 오르내린다. 왕과 영웅의 일대기, 국가의 흥망성쇠가 역사라고 생각하는 우리에게 평범한 사람들의 일상을 다룬 미시사微時史는 생소하다. 이런 이야기가 당대 사회의 실제 모습을 들여다볼 수 있는 창의 역할을 한다는 사실을 부정하기 어렵다. 새로운 역사 연구의 한 방법인 미시사는 통시적 관점의 독서 방법을 일깨운다. 모두의 독서가 아니라 '나'의 독서가 중요하다. 특정한 나이와 시기에 꼭 읽어야 할 책은 없다. 서른이 넘어 책 읽는 재미에 푹 빠져 전혀 다른 삶을 꿈꾸는 사람도 있고 꾸준한 독서로 엉뚱한 상상력을 발휘하며 부자가 된 사람도 있다. 누구나 자신에게 맞는 개별 독서가 필요하다. 어떤 책을 읽었느냐가 그 사람을 말해주는 게 아니라 지금, 현재 어떤 책을 읽고 있는지 그리고 앞으로 어떤 삶을 꿈꾸는지에 따라 지금까지와는 다른 책을 선택할 수도 있다.

생산적인 시간, 돈 버는 시간을 제외한 가처분 시간의 양이 한 인간의 삶의 질을 좌우한다고 믿는다. 밤낮없이 일하며 억대 연봉을 받는 사람과 여유 있게 자기 시간을 즐기는 사람을 단순 비교할 순 없다. 하지만 독서는 대부분 생계와 직결된 행위가 아니라 가처분 시간에 여유가 있는 사람이 누리는 기쁨이다. 물론 그 기쁨은 취미, 성장, 자아실현으로 이어진다. 독서의 본래 목적과 거리가 멀지만 아이러니하게도 책은 부와 권력을 원하는 사람에게도 권할 만한 방법이 아닌가!

_____ 거시적 안목을 기르고 미시적으로 고민하라

　　전쟁에서 승리한 장군의 개선 행진은 시가지를 들끓게 했다. 병사들은 물론 시민들의 사기는 하늘을 찔렀고 위대한 로마는 영원하리라는 사실을 아무도 믿어 의심치 않았다. 이때, 개선 행렬 맨 뒤를 따르는 노예가 끊임없이 외친다. "메멘토 모리Memento mori! 메멘토 모리!" 개선장군도 언젠가 죽는다고 경고하는 풍습은 항상 겸손하게 처신하라는 메시지를 전한다. 영원히 살고 싶은 욕망은 밀랍 날개를 달고 태양을 향해 날아오른 이카로스의 꿈처럼 헛되다. 인간의 한계를 인정하면 현실의 고통과 절망을 극복하는 데 도움이 된다. 유한한 삶을 긍정하는 첫 번째 단계는 우리는 언젠가 죽는다는 사실을 겸손하게 받아들이는 태도다.

　　죽음에 대한 성찰은 의학은 물론 철학과 종교, 문학과 예술 등 인간에 관한 모든 영역의 영원한 숙제다. "살아 있는 모든 자 항상 임종의 날을 생각하라! 삶의 마지막 경계를 지나 고통으로부터 해방될 때까지는 어느 누구도 행복하다고 생각지 마라!"라는 『오이디푸스 왕』의 마지막 코러스가 현대인의 귀에도 생생하게 들리는 듯하다. 눈앞의 현실만 바라보는 인간들에게 준엄한 경고와 교훈을 주려고 신들이 오이디푸스 같은 영웅의 몰락과 비극을 기획한 건 아닐까. "너 자신을 알라"라는 소크라테스의 철학도 여기에 닿아 있다. 그리스 비극의 주인공 오이디푸스 왕은 자신을 알게 되는 두려움과 삶의 유한성에 대한 준엄한 경고다.[12]

쇠렌 키르케고르의 철학과 바니타스 정물화가 우리에게 전하는 메시지는 삶의 소중함이다. 우리는 언젠가 끝날 연극 무대의 주인공처럼 자기를 연기하며 산다. 이 고칠 수 없는 한 편의 1인극은 희극이며 비극이다. 자기 삶의 주인공으로 거듭나는 데 필요한 건 현재의 좌표다. 내 생의 한가운데에 서서 과거와 현재를 조망하면 자연스레 미래의 모습이 그려진다. 그 누구도 아닌 자신의 미래를 위해 무엇이 필요한가. 지금까지와 다른 삶을 꿈꾼다면 어떤 준비가 필요한가.

사람은 성공한 삶을 꿈꾸지만 '성공'에 대한 기준은 제각각이다. 눈을 감기 전 자기 삶을 돌아보는 짧은 순간에 스스로 만족했는지 물을 수도 없는 노릇이다. 주류 사회에 편입하려는 노력, 계층 이동의 사다리를 열심히 오르려는 일상, 세상 사람들에게 인정받고 싶은 욕망은 대부분 비슷하다. 이런 결과를 위해 참고 견디며 끝까지 버텨야 하는지, 소소한 일상에 만족하며 사는 게 진정한 행복인지 알 수 없다. 인류의 역사를 돌아보는 일만큼 자기 삶을 성찰하는 시간도 중요하다. 성공을 타인의 시선, 사회적 기준으로 결정할 수는 없지 않은가. 역사에 대한 거시적인 안목을 길러 자기 삶을 미시적으로 고민하는 과정이 미래를 위한 독서다.

우리는 스스로 선택할 수 없는 성별, 인종, 외모, 장애뿐만 아니라 학력, 직업 등의 이유로 좌절한다. 사회가 요구하는 '정상'과 편견이 만든 '기준'은 때때로 우리를 슬프게 한다. '실격당한 자들'의 슬픔을 이야기하는 변호사 김원영은 우리가 존엄하고, 아름다우며, 사랑하고 사랑받을 가치가 있는 존재이며 누구도 우리를 실격시키지 못한다고 외친다.[13] 하지만 이런 목소리를 들어본 적이 없는 사람은 무지의 실수를 저지르고 '선량한 차별주의자'[14]로 살아간다. 독서를 통해 스스로 실격당하지 않는 힘을 기르는 일은 매우 중요하다. 타인을 차별하는 일이 얼마나 부끄러운지 깨닫는 건 덤이다. 나와 너, 우리 모두 자기 실수를 확인하고 좀 더 나은 세상을 꿈꾸며 나아가는 과정이 미래를 위한 읽기다.

인생의 끝은 알 수 없으나 영원하지 않다는 사실을 자각하면 겸손해진다. 죽음이 누구에겐 완성이고 누구에겐 종말이며 누구에겐 영생의 시작일지 모른다. 역사는 흐르고 사회는 유지되며 누군가는 또 다른 삶을 시작한다. 시간은 세대교체를 이루고 새로운 세상을 만든다. 독서는 개인과 사회의 관계를 살피고 현재를 자각하며 더 나은 미래를 향한 꿈이다. 통시적 관점은 책을 읽으면서 자연스럽게 얻을 수 있는 혜안이다.

선별하고 도전하고
확장하라

_____ 필요한 지식과 정보를 정확히 선별하라

헛스윙하는 4번 타자를 욕하지 말자. 타석에서 18.44미터 떨어진 마운드에서 투수가 던진 공은 시속 140킬로미터로 날아가 0.47초면 포수 글러브에 꽂힌다. 방망이를 휘두르는 데 걸리는 시간은 보통 0.2초. 따라서 타자는 나머지 0.27초 안에 볼의 구질을 파악하고 '스윙을 할 것인가, 기다릴 것인가'를 결정해야 한다. 직구는 4.5~5도, 커브는 10~15도 위쪽에서 날아오기 때문에 구질에 따라 스윙 궤적을 미세하게 조절하기는 더욱 어렵다. 일반인은 불가능에 가까운 일이다. 차라리 눈을 감고 휘두르는 편이 나을 수도 있다. 타자는 오랫동안 반복 훈련을 통해 익힌 감각으로 9회 말 역전 홈런을 쏘아 올리거나 허공을 향해 방망이를 휘두른다.

우리가 어떤 선택을 할 때마다 체계적이고 이성적인 결정을 하는 건 쉽지 않다. 모든 정보를 일일이 확인하고 종합적으로 판단하려면 인지적으로 상당한 부담이기 때문이다. 시간이나 정보가 불충분해서 합리적인 판단을 할 수 없거나 굳이 그렇게 판단할 필요가 없는 상황에서 사람들이 신속하게 사용하는 어림짐작을 '휴리스틱 heuristics'이라고 한다. 오랜 시간을 들인 반복 연습으로 얻은 직관이 여기에 해당한다. 순간적 직관에 의한 판단력을 말콤 글래드웰은 '블링크의 법칙'이라고 명명했다.[15]

소개팅에서도 사실 우리는 타자가 스윙 여부를 판단해야 하는 0.27초만큼 짧은 2초 만에 다시 만날지 여부를 결정한다고 한다. 휴리스틱은 때때로 실수를 범하고 편견에 치우치며 착오를 일으킬 수도 있으나 매우 간편하고 경제적인 심리 작용이며, 무작위 주사위 던지기와는 차원이 다른 고도의 감각적 훈련의 결과라고 할 수 있다. 일상생활에서 반복하는 습관적 사고, 타성에 젖은 행동, 무의식중에 내뱉는 말은 그대로 한 사람의 생각을 반영하고 운명을 결정한다. 이것이 휴리스틱의 위험성이다.

순식간에 판단하고 합리적으로 선택해도 매번 오류 없이 좋은 결과를 얻는 사람이 있을까. 그런 방법이 있다면 누가 야구 경기를

읽기의 미래

보겠는가. 정답이 있는 인생, 오차 없는 미래를 꿈꾸는 건 인간이 아니라 로봇의 삶이다. 각자의 처지에서 가장 좋은 선택을 위한 도구 중 하나가 책이다. 독서는 타인의 실수와 시행착오를 통해 자신을 성찰하는 방법이다. 미래는 지식과 정보를 정확하게 분석하고 판단한 후 취사선택할 수 있는 능력이 더욱 중요한 사회가 될 것이다.

UCLA 난독연구센터장 매리언 울프 교수는 "민주주의의 가장 큰 걸림돌은 비판적이고 분석적인 시민들이 존재하지 않는 것"이라고 말했다. 강물이 범람하듯 우리에게 쏟아지는 뉴스와 정보를 선별하는 능력 자체가 사람을 평가하는 기준이다. 남들보다 빠른 정보 처리 능력을 원한다면, 오히려 느릿느릿 산책하듯 책을 읽고 생각하는 시간이 필요하다. 서로 생각과 신념이 달라도 객관적 정보에 대한 정확한 분석과 비판적 점검을 통해 합의와 조정이 가능하다. 따라서, 정보의 정확성과 중요성을 판단하는 안목, 필요한 지식과 정보를 선별하는 능력은 미래를 준비하는 모든 사람에게 필요하다.

이제 책 읽는 시간과 방법에 대해 조금 더 관심을 두는 편이 좋다. 어떤 책을 얼마나 읽었는지 기록하는 일도 좋지만 한 권의 책을 어떻게 읽었는지가 더 중요한 시대다. 책을 읽으며 내면적 갈등과 혼란이 생겼다면, 고개만 끄덕이다 책장을 덮은 사람보다 더 큰 도움을 받은 것이다. 확신과 신념보다 의심과 질문이 외부의 지식과 정보를 선별하는 역할을 하기 때문이다.

구상과 추상, 보편과 특수, 전체와 부분은 모호한 개념이나 상황을 정리하는 도구다. 눈에 보이는 것과 보이지 않는 것으로 가르고 일반적인 것과 개별적인 것을 나누는 동안 혼란스러운 생각을 조금씩 정리할 수 있다. 낯선 정보를 정확히 이해하고 현실에 적용하는 일은 평소 꾸준한 훈련을 통해 가능하다. 필요한 정보를 정확히 선별한 후에 활용, 적용, 응용하는 과정이 미래를 위한 읽기 능력의 핵심이다.

우선 지식과 정보를 적재적소에 사용하는 연습이 필요하다. 열심히 공부하고 땀 흘려 일하면서 얻은 지식과 정보를 제대로 활용하기 위해서는 정확한 이해와 분석이 필요하다. 퍼즐 조각을 맞추듯 제자리를 찾아 배치하고 전체와 부분을 조화롭게 운용하는 능력은 꼼꼼한 독서를 통해 다져진 이론과 체계적인 사고를 통해 길러진다. 자신의 전공, 업무 분야는 물론이고 어떤 일을 준비할 때도 개별적인 요소를 하나로 통합하고 구체적인 이미지로 표현하는 연습이 중요하다. 책에서 얻은 지식이든, 인터넷에서 검색한 정보든 재구성과 후가공은 새로운 창조에 가깝다. 상황에 맞게 적절히 배치하고 활용해서 온전히 자기만의 지식과 정보로 내면화하는 것이 좋다.

두 번째는 적용 혹은 응용하는 연습이다. 소련의 프로그래머 알렉세이 파지트노프가 만든 추억의 게임 테트리스를 떠올려보자. 끊임없이 떨어지는 블록 조각을 빈 공간 없이 끼워 맞추지 못하면 게임이 끝난다. 블록이 떨어지는 속도에 맞춰 판단과 선택과 실행이 이뤄져야 살아남을 수 있다. 이 게임은 마치 감당할 수 없을 만큼 쏟아지는 수많은 정보의 속도를 따라가기 위해 허둥대는 현대인의 모습과 같다. 게임이 끝나고 나면 블록 모양이 몇 가지 안 된다는 사실에 더욱 놀란다. 어찌 보면 매우 단순한 게임이지만 단계가 높아질수록 사람들은 블록이 떨어지는 속도를 따라잡지 못하고 번번이 실패한다. 비슷한 패턴으로 반복되는 게임인데도 사람들은 테트리스에 열광했다. 이미 알고 있는 사실을 어디에 어떻게 적용할 것인가. 똑같은 블록이지만 다른 상황에도 응용할 수 있는가. 정확하고 빠른 판단을 위해 우리는 돌발 상황에 대한 적응력을 키워야 한다.

세 번째는 낯설게 보는 연습이다. 러시아의 형식주의 문학이론가인 빅토르 슈클로프스키가 일상의 언어를 사용하는 방식에 따라 문학적 특성이 나타난다고 주장했다. 이를 '낯설게 하기'라고 명명했다. 독일의 극작가 베르톨트 브레히트는 이를 연극에 적용시켜 일상적인 사물들과 자기 자신을 외부의 시선으로 보라고 충고했다. 이는 우리가 외부 세계에서 받아들이는 모든 지식과 정보와 경험에도 통용된다. 비슷한 일상, 반복되는 업무, 유사한 상황에서 사람들은 위험을 감지하기 어렵고 문제를 발견하기 힘들다. 대안을 고민하거나 새로운 생각을 하지도 못한다. 익숙한 것들을 낯설게 보는 사고 훈련이야말로 독서가 주는 가장 큰 매력이다.

독서는 자신의 상황에 따라 개별적으로 이뤄지는 지극히 개인적인 행위에 불과하다. 유행처럼 번지는 책이나 유혹적인 비법은 오래가지 않는다. 애서가들의 고백으로 가득한 책도 대부분 각자 자기 방식으로 짝사랑했던 책과의 연애사를 들려줄 수 있을 뿐이다. 이들의 경험담을 읽고 초보 독서가는 타산지석으로 삼을 수도 있고 좋은 안내자를 만날 수도 있으나, 길을 걷다 보면 결국 자기만의 세계를 구축하기 마련이다. 같은 책을 다르게 읽고 낯선 책을 익숙한 방식으로 읽기도 하며 따로 또 같이 책과 일상을 공유하는 태도가 우리를 조금 더 나은 인간으로 만들어준다.

관심사를 넓히고 인접 분야를 기웃거리며 새로운 분야에 도전하는 독서야말로 자신의 미래를 고민하는 가장 좋은 방법이 아닐까. 그 과정에서 자기만의 관점이 생기고 개성적인 스타일을 만들 수 있다. 책의 내용을 정확하게 이해하고 상황에 맞게 활용하며 새로운 도전을 멈추지 않는 유연함을 권한다. 유행에 휩쓸리고 생각 없이 앞 사람의 뒤통수를 보면서 따라갈 수만은 없다. 생각의 속도가 아니라 자기 리듬에 맞춰 페이스를 유지할 때, 보다 능동적이고 자율적인 사람으로 세상을 살 수 있다. 유연함은 자신감과 여유에서 자연스럽게 묻어나는 태도다.

_____ 스키마를 활용하여 끊임없이 확장하라

재벌 2세로 태어난 사람도 자전거 타는 법은 몸으로 익혀 스스로 배운다. 축구 천재 메시의 세 아들 중 누구도 아버지의 축구 실력을 세습받을 수는 없다. 부모의 유전자를 물려받아 남다른 재능이 있을 수는 있으나 신체 기능과 감각을 물려받을 수는 없다. "시는 온몸으로 밀고 나가는 것"이라는 김수영의 말은 삶의 문제를 이해하기 위해서도 필요한 조언이다. 머리로 생각하고 고민하고 갈등하는 사람과 몸으로 부대껴 익히고 경험한 사람을 비교할 필요는 없다. 어느 쪽이 더 나은 삶이라고 단정하기는 어렵지만, 스스로 움직여야 한다는 사실만은 분명하다.

독서도 이와 유사하다. 책에 대한 흔한 오해 중 하나는 고도의 두뇌 작용일 뿐이라는 착각이다. 추상적 기호인 언어를 배우고 익혀 텍스트의 의미를 이해하는 과정이라는 점에서 틀린 말은 아니다. 하지만 그것이 독서의 본질은 아니다. 우리가 밥을 먹는 이유는 배가 고프기 때문이며, 이는 생존을 위한 육체적 신호에 응답하는 행위다. 호기심도 인간의 본능에 가깝다. 호모 사피엔스는 이름에 걸맞게 슬기로운 도구를 만들어 발전시켜왔다. 현대인은 호기심을 충족하기 위해 꼭 책을 읽을 필요는 없다고 생각한다. 정보를 접하는 매체와 방법이 다양해지자 자연스럽게 책과 점점 더 멀어진다. 호기심은 생존을 위한 본능적 호기심, 자연현상에 대한 두려움, 삶의 의미를 묻는 철학적 탐구에 이르기까지 수많은 형태로 발전했다. 한 가지 호기심에 매달려 최고의 전문가가 되는 사람도 있고, 자기만의 호기심에 이끌려 돈과 밥이 되지 않는 일에 매달리는 사람도 있다. 매체가 무엇이든, 방법이 어떠하든 우리는 온몸으로 생각하고 행동하며 살아간다. 독서도 온몸으로 밀고 나가는 삶의 구체적 행위다. 읽는 과정부터 행동에 옮기는 일이 모두 활발한 신체 활동에 가깝다.

우리는 머리로 생각하고 몸으로 움직이는 동안 시행착오를 겪는다. 문제를 해결하기 위해 고민하고 또 다른 호기심을 충족하기 위해 책을 읽고 다양한 정보를 모은다. 이 과정에서 축적된 지식과 정보의 공통점과 차이점을 발견한다. 더 나은 정보, 가치 있는 지식을 선별한 후 실제로 적용하고 직접 경험하면서 자기만의 지식과 정보를 창조한다. 이것이 온몸으로 책을 읽는 방법이며 자기만의 비법을 만드는 방법이다. 인공지능 시대를 사는 인류에게 꼭 필요한 지식과 기능 따위는 없을지도 모른다. 그것이 무엇인지 고민하며 불안한 미래를 준비하는 일이 헛될 수도 있다. 그러나 우리는 여전히 자기 삶의 주인으로 거듭나기 위해 몸부림친다. 그것은 종합적인 사고력을 길러 기존 지식과 차별화되는 새로운 가능성에 도전하기 위한 노력이다.

칸트 철학에서 유래한 선험적 도식, 즉 '스키마Schema'는 정보를 통합하고 조직화하는 인지적 개념이나 틀을 말한다. 한마디로 구조화된 지식이란 의미다. 지구의 70억 인류는 각자 다른 관점, 지식, 정보, 경험을 갖는다. 어떤 사물, 사람, 사건에 대해 자신의 배경지식과 새로운 정보를 결합한다. 책을 읽고 그 내용을 장기 기억으로 넘길 때, 혹은 어떤 사건이나 사람으로 인해 자기 삶의 태도가 변할 때 스키마의 역할은 중요하다. 이는 고정된 구조가 아니라 끊임없이 변하는 유기체와 같다.

지식을 축적하는 과정은 눈사람을 만드는 일과 비슷하다. 처음에는 손으로 눈을 뭉쳐 단단하게 만들고 조금씩 살을 붙이는 일이 쉽지 않다. 하지만 축구공 정도로 커진 다음에는 쉽게 굴러간다. 살살 굴려주기만 해도 단단하게 눈이 달라붙어 순식간에 커다란 눈사람을 완성할 수 있다. 백지상태에서 공부를 시작해본 경험이 있는 사람은 안다. 단어 하나, 개념 한 개를 이해하는 데도 하루가 걸린다. 속도도 느리고 시간도 오래 걸린다. 어떤 일의 초기 단계에서 포기하거나 다른 길을 찾아본 경험이 있을 것이다. 미래를 위해 어떤 준비와 노력이 필요하다면 지금과 다른 방식이 필요하지 않을까. 책을 읽지 않는 사람이라면 독서처럼 느리고 답답해 보이는 방법에 어떤 비밀이 숨어 있는지 확인해봐야 하지 않을까. 이미 책에 익숙한 사람이라면 반복적인 패턴에서 벗어나 낯선 영역으로 자기 독서의 확장을 시도해보자. 자신의 직업, 일상과 관련된 분야도 좋고 평소 호기심을 느낀 분야도 좋다.

도서관이나 서점에 분야별로 명확하게 구분된 듯 보이는 책들도 사실은 씨줄과 날줄처럼 서로 무수히 많은 네트워크로 중첩되어 있다. 접속과 연결을 통해 책들의 연결 고리를 발견하고 좀 더 즐겁고 재밌는 방법을 찾아가는 자기만의 독서 지도를 만들어보자. 빠르고 정확한 정보 습득 단계를 넘어 지식과 정보의 가치를 평가하고 선별하며, 그것을 실제 현장과 삶에 응용할 줄 아는 능력이 요구되는 세상이다. 쉬지 않고 경계를 허물고 자기 영역을 확장하는 삶이 우리가 꿈꿔야 하는 미래가 아닌가.

자기 속도와
리듬을 유지하라

_____ 길들여지지 말고 길들여라

책은 시기와 상황에 따라 전혀 다른 의미로 읽힌다. 어릴 때 읽은 『어린 왕자』를 성인이 되어 다시 읽으면 낯설다. 어릴 때는 점등인의 별처럼 낭만적이고 아름다운 이야기가 가슴에 남았지만, 이제는 술 마시는 부끄러움을 잊기 위해 계속 술을 마시는 세 번째 별에 사는 술꾼이 친근하게 느껴지기도 한다. 세월이 흘러도 '관계'에 대한 여우의 조언은 여전히 인상 깊다. 사람이든 사물이든 자기 삶에서 소중한 무언가는 오랜 시간에 걸쳐 관계를 맺기 때문이다. 관계를 만든다는 건 서로 길들여진다는 의미다. 그 관계는 지극히 개별적이며 구체적인 시간을 통해 완성된다.

　로버트 드 니로의 연기가 빛났던 〈숨바꼭질〉(2005) 같은 영화에 매료됐던 이유는 극적 반전보다 '다중 인격'에 대한 관심 때문이 아니었을까. 영화는 한 인간의 다양성을 조망한다. 타인과의 관계와 상황에 따라 우리는 전혀 다른 인격을 드러내기도 한다. 이 영화를 보고 극장을 나서던 관객들은 무슨 생각을 했을까. 시간과 장소에 따라 사람은 각자 다른 역할 놀이를 한다. 아돌프 아이히만도 자식들에겐 지극히 자상한 아버지였다. '악의 평범성'을 전한 한나 아렌트는 아이히만을 손가락질하는 일보다 중요한 사실은 누구나 아이히만이 될 수 있다는 자각이라고 경고했다.[16]

　우리는 다양한 사람들과 어울려 산다. 각자의 생각과 감정이 어떻게 형성되는지 살펴보지 않으면 자신이 왜 그렇게 행동하는지 알 수 없다. "다른 사람의 처지를 생각할 줄 모르는 생각의 무능은 말하기의 무능을 낳고 행동의 무능을 낳는다"는 아렌트의 조언은 오늘의 현실에도 그대로 적용된다. 자기 생각과 행동을 돌아보는 일뿐 아니라 타인에 대한 자신의 판단도 중요하다. 내가 길들이는 모든 사람과 사물은 나름의 관계를 맺는다. 그 관계 양상에 따라 태도가 달라진다. 이는 단순히 세상을 사는 방법의 문제가 아니라 세상을 해석하고 자기 삶의 태도를 결정하는 데 영향을 미친다.

　남들이 가는 방향을 따라 걸으면 생각할 필요가 없다. 비록 잘못된 길이라도 함께한 시간과 과정이 행복했다면 후회가 없을 수도 있다. 남들이 많이 사는 물건을 사면 불편하지 않다. 비록 그것이 자신의 취향과 거리가 멀다 해도 편안하게 어울릴 수 있다. 타인에게 길들여지는 방법은 쉽고 단순하다. 생각하지 않고 따라 하거나, 먼저 나서지 않고 묻어가면 된다. 그러나 독서는 길들여지지 않기 위한 몸부림에 가깝다. 세상에 길들여지는 대신 세상을 길들이려는 욕망이다.

다른 사람들의 관심과 욕망을 확인하기 위해 신간과 베스트셀러를 뒤적여도 시간은 금세 흐르고 판매 순위가 바뀐다. 이 방법으로 트렌드를 파악할 수는 있으나 근본적인 문제를 이해하는 데는 부족하다. 고전과 스테디셀러는 이런 단점을 보완해준다. 시간을 견딘 책들은 한결같이 보편적이고 포괄적이며 추상적인 주제를 다루는 경우가 많다. 부분적이며 구체적인 상황을 다룬 책은 짧은 시간에 명확하게 문제를 해결해주는 효과를 거둘 수 있으나 임시 처방전과 같다. 건강은 현재 상태를 확인하고 체질 개선을 위해 꾸준한 운동으로 지켜야 한다. 의사의 진단과 처방보다 스스로 관리하는 일이 더 중요하다. 선물 받거나 누군가가 권해준 책도 좋지만 스스로 선택하고 계획을 세워 읽는 책이 자신을 단단하게 만든다.

시대가 변하고 과학기술이 발전할수록 책은 점점 속도 경쟁에서 뒤처질 것이다. 그래도 독자는 더 느리게 책을 읽는 편이 좋다. 독서량에 대한 부담을 갖지 않아야 한다. 양질의 독서가 반드시 일정한 분량의 책을 읽어야만 가능한 건 아니다. 한 권, 한 권 자신이 길들인 책이 쌓이면 타인을 추종하는 밴드왜건 효과에서 벗어나 스스로 생각할 수 있고 자신의 판단과 선택의 기준을 마련할 수도 있다. 남들에, 세상에 길들여지는 대신 자기 삶의 주인공으로 거듭나는 변화가 필요한 시점이 아닌가. 길들여지지 않고 길들이는 주체적 삶이 미래를 바꾼다.

자신의 속도를 지켜라

속도가 승부를 좌우하는 세상에 살면서 느림의 미학을 주장하는 이야기는 흰소리로 들린다. 빠르고 정확한 정보가 경쟁력이고 돈이 되는 일상에서 역주행하는 사람들이 가끔 눈에 띈다. 아날로그형 인간에 해당하는 사람, 평정심을 유지하며 자기 페이스를 지키는 사람, 세상의 변화를 자기 속도에 맞추는 사람 들이다. 사람은 대부분 유행에 민감하며 타인의 욕망을 욕망하며 흔히 '인싸'가 되기 위해 노력한다. '아싸'로 사는 즐거움을 발견하거나 스스로 선택하지 않은 경우라면 자기 속도를 유지하는 건 쉽지 않다.

1,500원짜리 물건을 1,000원에 판다고 하면 저절로 손이 간다.

정가의 3분의 2 가격이라면 엄청난 유혹이 아닌가. 그런데 원래 1,000원인 물건의 가격을 올려 표시하고 프로모션을 진행 중인 것처럼 소비자들을 속였다면? 국내 대형마트에서 벌어졌던 실제 사건이다. 이는 사람들의 '기준점 오류'를 이용한 얄팍한 상술이다. 법정의 판결, 교사의 평가, 미술품 경매도 기준점이 중요하다. 다른 사람이 정해놓은 기준에 따라 판단하는 오류가 일상에서도 종종 벌어진다. 마라톤경주나 사이클경기에서 페이스메이커는 선수의 연습 과정에 결정적 역할을 하며 흐름을 좌우한다.

세상의 속도가 아니라 자신의 속도에 맞춰 사는 일이 가능할까. 고등학교 입학 전 선행 학습, 결혼에 필요한 집과 혼수, 노후 자금 마련 등은 그 기준이 대부분 친구, 지인 등 타인의 그것이다. 혼자 사는 세상이 아닌, 사회적 동물인 인간에게 당연한 태도일까. 과거와 현재를 살피고 미래를 전망하는 일은 바로 이런 관습적 사고, 습관적 행동에 대한 성찰이다. 사회적 준거집단, 개인적 롤모델이 삶의 태도를 결정한다. 책을 읽으면서 우리가 사는 현재 삶의 속도와 기준이 자기에게 어울리는지 살펴야 한다. 무조건 천천히 읽고 곱씹으며 내용을 음미하자는 말이 아니라 자기 삶의 리듬을 스스로 조절할 수 있어야 한다는 의미다.

한 실험에서 성인 집단에게 전문가의 충고를 고려해 금융 관련 의사결정을 하도록 했다. 이들이 결정을 내리는 동안 연구자들은

MRI로 피실험자의 두뇌를 촬영했다. 결과는 놀라웠다. 전문가 조언을 들을 때 피험자 두뇌 중 독립적인 의사결정을 담당하는 부위는 활동을 아예 멈췄다. 전문가가 말할 때는 스스로 생각하는 걸 멈춘다는 의미다. 사람들은 친구나 이웃의 생각과 행동에 큰 영향을 받는다. 책을 읽을 때는 저자의 말에 귀를 기울인다. 다그치고 종용하는 저자, 어루만지고 타이르는 저자, 더 늦기 전에 서두르자는 저자 등 독자를 대하는 방법은 제각각이다. 저자의 조언이 독자의 태도를 결정할 수도 있다. 전문가의 말을 그대로 따르지 말고 자기 상황을 살펴보는 것이 좋다. 책을 읽는 속도뿐 아니라 변화와 실천의 속도도 자기 페이스에 맞춰야 하는 게 아닐까.

개별 독자에게 맞는 최적의 속도는 누가 정해줄 수 없다. 저자의 말을 경청하는 태도가 나쁘지는 않지만, 모든 사람에게 적용할 수 있는 일반론은 오히려 경계하는 편이 낫다. 자세히 들여다보면 배고프면 밥을 먹고 졸리면 푹 자라는 식의 조언과 충고가 넘친다. 불특정 다수를 향한 저자의 모든 말이 일반화될 수는 없다. 고전도 마찬가지다. 부담 없이 현재적 유용성을 살펴야 하는 고전을 모든 독서의 완성인 것처럼 신성시하는 태도는 좋지 않다. 지금, 여기, 나와 미래의 문제를 해결할 수 있는 아이디어를 얻고, 유사한 사례를 참고하며 실마리를 풀어갈 수 있는 책이 아니라면 '읽었다'는 자기만족 외에 어떤 도움이 되겠는가.

책 읽는 속도, 적용과 변화의 방법, 세상을 읽는 안목 등 책을 읽으면서 우리는 여러 가지에 신경을 써야 한다. 자기 몸에 맞는 각각의 속도를 찾아 편안하게 즐길 수 있는 독서가 좋다. 자기만의 독서, 즉 독서의 개별성은 아무리 강조해도 지나치지 않는다. 혼자만의 길을 걷다 길을 잃지 않도록 조심해야겠지만, 맹목적인 속도 경쟁은 오히려 개인의 독서와 일상을 힘들게 한다. 자기만의 리듬으로 책을 읽는 느린 발걸음에 때로는 엄청난 속도가 붙을 수도 있다. "다른 누군가가 되어 사랑받기보다는 있는 그대로 나로서 미움받는 게 낫다"는 커트 코베인의 말은 독서에도 적용할 만하다.

_____ 각자의 리듬을 만들어라

잠이 오지 않던 어느 날 새벽, 우연히 미국 드라마 〈맨헌트: 유나바머〉(2017)를 보다가 실제 사건임을 알게 됐다. 테드 가진스키는 1978년부터 17년 동안 현대사회에 저항하는 의미로 대학교와 공항에 우편 폭탄을 배달해서 '유나바머'라는 별명이 붙었다. 카진스키의 선언문이 책으로 출판되지 않았는지 확인해봤다. 곧바로 주문하고 유나바머의 『산업사회와 그 미래』(박영률출판사)를 단숨에 읽은 적이 있다. 하버드 대학을 졸업한 천재 수학 교수가 문명사회에 저지른 범죄는 합리화할 수도, 용서받을 수도 없는 일이었다. 카진스키는 산업화가 초래한 문제를 지적하며 문명 발달을 거부한 극단적 반사회주의자였다. 그럼에도 불구하고 그의 주장은 미국 사회뿐 아니라 모든 산업사회에 큰 반향을 일으켰다.

산업혁명 이후 과학기술의 발달과 더불어 가속화된 속도 전쟁은 자본주의를 지탱하는 한 축이다. 우리의 일상은 쉼 없이 이어지고 속도가 승부를 좌우하는 세상은 정신없이 돌아간다. 옳고 그름의 문제를 떠나 2등은 아무도 기억하지 않는다는 사실을 경험적으로 체득한다. 모든 생물체가 경쟁을 통해 생존을 유지하고 종족 번식에 힘쓰지만, 인간처럼 잉여와 축적을 위해 끝없이 노력하지는 않는다. 하루하루 아니 오늘과 내일 자신의 희망 없는 삶을 위해 책을 집어 드는 건 아닐까. 책은 벼랑 끝에 선 사람들에게 최후의 보루일지도 모른다.

1920년대 후반 흑인 스윙재즈 붐을 타고 맨해튼에서 시작된 '지터벅Jitterbug, 일명 지루박'의 기본 스텝이 "슬로슬로slowslow 퀵퀵quickquick"이다. 반복과 변화가 조화를 이루면서 다양한 예술의 리듬을 만든다. 미술과 건축도 이 같은 원리가 고루 적용된다. 아침부터 저녁까지 빽빽한 일정대로 오차 없이 움직이는 사람의 일상은 어떤가. 여유는 창조적 상상력의 원천이다. 바쁘고 정신없는 일상은 근시안적 태도의 원인이다. 유연한 사고, 새로운 관점은 저절로 만들어지지 않는다. 독서만이 살길이라는 구호도 허망하다. 어떤 책을 읽든 맹목적으로 수용하는 사람은 지치기 쉽다. 책을 목표 달성을 위한 수단으로 활용하는 사람은 포기하기 쉽다. '퀵퀵'만 강조하는 세상에서 독서는 '슬로슬로'에 해당하는 시간이다. 미래를 위한 독서는 자신의 리듬을 만들어가는 즐거운 댄스다.

우리는 자기 생각을 말과 글로 표현할 수 있는 자유가 보장된 세상에 살고 있다. 하지만 그 자유를 실제로 행사하지 않는다면, 나도 모르게 남의 말과 글에 지배당해 결국 생각과 행동까지 조종당하기 쉽다. 출판평론가 표정훈은 "감히 말하기를, 쓰기를 주저하지 말라"[17]고 조언한다. 말과 글로 자기 생각을 드러내고 원하는 삶을 추구하는 사람이 정해져 있는 게 아니다. 개인의 선택, 주체적 삶의 태도가 중요할수록 말하기와 글쓰기는 자기를 자기답게 만드는 기본적인 도구가 될 것이다. 자기 속도에 맞는 독서는 말하기와 글쓰기를 위한 기초 체력과 같다. 뛰기 싫어하는 사람은 축구선수의 꿈을 접어야 한다. 적절한 속도는 각자 다르다. 책을 읽는 속도, 이해하고 소화하는 시간, 말하고 쓰며 자신을 드러내는 방법은 저마다 다르다. 메시나 호날두의 동작을 흉내 낼 수는 있을지 모르지만, 우리는 메시처럼 드리블해서 호날두 같은 강슛을 날릴 수 없다. 각자 자기 스타일의 축구를 해야 한다. 공을 차는 즐거움과 땀 흘리는 상쾌함을 느끼면 된다. 모든 사람이 축구를 좋아할 수도, 잘할 수도 없다.

인생도 그렇지 않은가. 독서도 마찬가지다.

미래의 기술 발달 속도는 과거와 현재의 속도를 훌쩍 뛰어넘지 않을까. 대부분 사람은 점점 더 빠르게 변하는 세상에서 누구보다 민첩하게 트렌드를 읽고 변화에 적응하고 싶어 한다. 사람마다 편안하고 행복하게 느끼는 속도가 따로 있다. 즐겁게 춤을 출 수 있는 자기만의 리듬을 만들면 그뿐이다. '퀵퀵퀵퀵'이든 '슬로슬로슬로슬로'든 '슬로슬로퀵퀵'이든! 한 권을 천천히 읽어도 깊이 읽는 사람이 있고 수많은 책을 함께 읽으며 연결 고리를 찾아내는 사람도 있다. 읽을 때마다 다른 느낌을 즐기며 한 권을 여러 번 읽는 사람도 있고 읽지 않은 책 이야기를 듣고 싶은 사람도 있다. 중요한 건 각자의 리듬과 페이스가 아닐까.

독서 효과를
극대화하라

_____ 책을 읽되 책에게 읽히지 말라

1910~1920년대에는 러시아 형식주의가 문학비평에
새로운 기초를 마련했다. 문학 연구의 독립적 지위를 구축하고 언
어 문제에 천착하며 문학작품 자체의 형식적 아름다움을 규명하는
데 앞장섰다. 1930~1950년대에는 미국의 신비평이 등장하며 텍
스트 중심의 작품 해석에 몰입한다. 작품 해석은 작가의 의도와 무
관하게 작품 자체의 의미를 객관적으로 분석해야 한다는 주장이다.
1950년대 이후 프랑스를 중심으로 구조주의 문학 이론이 등장한
다. 이는 언어학 이론의 모형을 적용해서 작품의 내적 구조를 면밀

하게 분석하는 비평 방법이다. 이 밖에도 사회주의 문학 이론, 해체주의, 포스트모더니즘 등 시대 변화에 따라 문학작품을 해석하는 이론과 방법은 다양하게 시도돼왔다. 그중에서도 '독자반응비평'이 주목할 만하다. 문학작품을 읽는 행위 자체가 중요하다는 관점이다. 개별 독자들 또는 특정 범주에 속하는 계급, 성별, 민족 등에 따라 문학작품을 조금씩 다르게 수용한다는 이론이다. 어떤 작품이든 독자의 반응이 중요하며 텍스트의 의미는 개별 독자에 의해 새로운 창조물로 거듭난다. 독자가 텍스트의 의미 생산에 참여한다는 점에서 미래 지향적인 이론이라 할 만하다. 작가의 의도, 시대 배경, 내적 구조보다 중요한 독자의 개별성을 강조한다는 점에서 그렇다.

　추적추적 비가 내리던 토요일 오후 길상사에 들른 적이 있다. 시인 백석과 김영한의 내력이 소설처럼 전해지는 길상사는 성북동의 고즈넉한 언덕 위에 자리 잡고 있다. 법정 스님이 기거하던 진영각에 전시된 친필 원고를 둘러보다 한참 동안 눈길이 가는 문장을 발견했다. 지나온 자취를 되돌아보니, 책 읽는 즐거움이 없었다면 무슨 재미로 살았을까 싶다는 내용 끝에 '책에 읽히지 말라'고 쓰여 있었다. 스님의 유언대로 모든 책이 절판되기 전 『아름다운 마무리』에 수록됐던 내용이기도 하다. 오랫동안 책을 읽어온 사람이 아니면 하기 힘든 말이다. 책을 읽는 사람들이 자칫 빠져들기 쉬운 함정이 책을 읽는 게 아니라 책에 읽히는 경우다. 맹목적으로 책의 내용을 받아들이지 말라는 충고다. 책에 끌려다니지 말라는 준엄한 경고이기도 하다.

그저 읽고 외우는 책은 순식간에 의미가 사라지고 읽기 전과 다름없는 상태에 이른다. 유행을 따르거나 의무감에 읽는 책이 그렇다. 책에 읽힌다는 말은 주객이 뒤바뀐 상태를 의미한다. 사람들은 왜 시와 소설을 읽는 걸까. 아니 나는 왜 책을 읽는가. '책을 읽는' 주체가 '나'라는 사실을 한순간도 놓치지 않는 태도가 중요하다. 그것이 주체적인 독서이며 책에게 읽히지 않는 방법이다. 셀럽의 손에 들린 책, 유튜브가 소개하는 책, 방송에 소개된 책, 사람들 사이에 화제가 되는 책에 읽히지 않으려면 책의 내용과 작가의 의도가 아니라 '나'의 반응을 살피는 일에 주목해야 한다. 텍스트의 의미를 완성하는 건 바로 '나' 자신이기 때문이다.

문학뿐만 아니라 철학, 역사, 사회, 예술 분야의 책도 마찬가지다. 객관적 사실을 전달하는 자연과학은 조금 다른 태도가 필요하나 대부분의 책은 읽는 태도가 결과를 만든다. 끊임없이 질문하고 고민하며 웃고 울고 싸우는 과정을 거쳐야 비로소 하나의 텍스트가 나에게 특별한 의미로 다가온다. 작가가 무슨 말을 하고 싶은지, 시대적 배경은 어떠했는지, 비유와 상징은 적절한지, 문체와 플롯은 개성적인지 생각하지 말자. 더구나 책을 읽고 어떤 교훈을 얻었는지 묻지 말자. 누군가에겐 기억도 나지 않는 책이 누군가에겐 잊을 수 없는 인생의 책이 될 수도 있다. 책은 그렇게 저마다 다른 목소리를 내며 독자에게 다른 이야기를 들려준다. 내가 찾아낸 문장, 나만 읽어낸 이야기, 나를 뒤흔든 목소리가 소중하다. 그러니 책을 읽되 책에게 읽히지 않는 건 태도의 문제가 아닐까.

_____ 생각의 변화보다 몸으로 증명하라

속물은 상대가 요즘 즐거운지, 몸은 건강한지, 재미있게 읽은 소설은 무엇인지, 무엇을 흥미롭게 공부하고 있는지, 이 전시회에 갈 생각이 있는지를 묻지 않는다. 대신 상대의 직업이 얼마나 인정받는지, 키가 몇인지, 학교에서 몇 등을 했는지, 결혼은 언제 하는지, 부모는 무엇을 하는지를 묻는다.[18] 사람들은 속물을 싫어하지만 내 안의 속물근성을 쉽게 버리지도 못한다. 무엇을 위해 어떻게 살 것인지 답을 얻기 위해 책을 읽지만 자기 삶의 실천적 도구로 활용하지는 못한다. 책이 생각을 변화시킬 수는 있으나 행동으로 옮기기는 매우 어렵기 때문이다. 지식과 교양으로서 독서는 단순히 앎의 세계에 머물게 할 뿐이다. 앎에서 삶으로 이행하려는 노력은 개별 독자의 의식적 노력으로 가능하다.

책은 나름의 운명을 지닌다. 작가가 쓰고 출판사에서 만들고 독자가 읽는 과정에는 우연과 필연이 겹치고 다양한 스토리가 숨어 있다. 책 자체의 내용과 무관하게 그것을 둘러싼 에피소드는 지극히 개인적이고 특별한 서사를 담고 있다. 책장에 꽂힌 한 권의 책은 선물한 사람을 떠올리게도 하고 책을 읽던 장소에 얽힌 추억이 되살아나게도 한다. 삶의 일부로서 독서는 또 다른 방식으로 우리에게 정서적 감동을 주기도 한다. 수많은 책 중에 지금 손에 든 이 한 권의 책과 나는 어떤 인연으로 만났을까. 책의 운명은 독자와의 만남에서 시작된다. 책은 독자의 생각을 강화하는 도구 역할을 하고, 새로운 세계에 대한 호기심을 해소해주며, 현실 문제를 해결해주는 실마리를 제공하기도 한다. 그것이 무엇이든 독자와 책의 만남은 운명처럼 자기 삶의 변화를 이끈다.

어린아이, 학생, 직장인, 노인 할 것 없이 각자의 독서는 일종의 구체적 경험이다. 머릿속에서 벌어지는 상상과 추론의 과정이 아니라 실질적인 삶의 체험이다. 작가 알베르토 망구엘은 "독서는 직관을 팩트인 양 경험할 수 있게 해주며, 읽은 구절을 생동감 넘치는 경험으로 전환시켜준다"라고 강조한다. 어떤 목적으로 책을 읽든 애초의 목적과 다른 효과를 낼 수도 있다. 독서는 사적인 행위이기 때문이다. 개별 독자의 서로 다른 독서 행위가 작가의 의도와 무관한 효과를 낸다. 지식인의 독서와 노동자의 독서도 마찬가지다. "지식인은 자신이 고도로 숙련된 노동자와 다르고 그들보다 더 우월하다고 생각한다. 고도로 숙련된 노동자들은 정확하고 필수 불가결한 삶의 과제를 수행하며, 지식인들보다 백배나 가치 있는 활동을 수행하는 데도 말이다. 그러나 지식인들이 내세우는 것은 교양이 아니라 현학적인 태도이고 지성이 아니라 지식이므로, 철저히 배격되어야 마땅하다"[19]라는 안토니오 그람시의 주장은 어떤가. 책을 읽는 사람들은 현학적인 태도를 경계해야 한다. 실천적 교양은 생각의 변화를 통해 구체적인 말과 행동으로 나타난다.

프랑스 구조주의 인류학자 클로드 레비스트로스의 유명한 은유를 빌려 오자면 정보는 날것인 상태, 지식은 익힌 상태로 각각 볼 수 있다. 물론 이 비유는 정보가 상대적으로 덜 정제되었다는 의미일 뿐이다. 소위 말하는 '데이터'는 객관적으로 '주어지는' 것이 아니다. 온갖 가정과 편견으로 가득한 인간의 머리로 인식되고 처리되기 때문이다.[20] 책을 통해 지식과 정보를 얻으려는 사람이 쉽게 지치는 이유는 날것인 정보를 익힌 상태인 지식으로 얻으려는 욕망 때문이다. 머리에서 가슴까지 가는 길이 가장 먼 길이라는 어느 시인의 말에서 한발 나아가면 가슴에서 발까지는 더 먼 길이다. 책이 변화시킨 생각에 따라 몸을 움직여 생활이 달라지고 습관과 운명까지 바뀌는 경험을 하려면 의식적으로 꾸준한 노력이 필요하다. 아는 게 힘이 아니라 실천이 답이다. 독자 스스로 책에 담긴 정보를 개별 지식으로 전환하고 그것을 실천하는 일련의 과정은 생각보다 적극적인 활동이다. '앎'을 '삶'으로 이어가려는 태도가 책을 내 것으로 만드는 방법이다.

_____ 사회적 독서로 효과를 확대하라

내면이 풍부한 사람은 구차하게 자기를 증명하려 애쓰지 않는다. 자기 삶에 충실한 사람은 타인의 평가나 인정에 얽매이지 않는다. 그가 머무는 마음의 정원은 타인에게 잘 드러나지 않는다. 억지로 은폐하기 때문에 그런 것이 아니라, 범상한 사람들이 그 깊이에 이르지 못해서 알아보지 못할 뿐이다. 그럴수록 오묘한 경지를 누릴 수 있다. 건설적인 비밀을 간직한 사람은 묵묵하게 자기의 길을 걸어갈 줄 안다.[21] 책을 읽는 사람이라면 누구나 이런 욕망을 품고 있지 않을까. 내면이 풍부한 사람은 자신감이 넘치고 타인의 시선에 얽매이지 않는다. 묵묵히 자기 길을 걷는 사람의 발자취는 다른 사람에게 하나의 이정표를 제시하고 사회적으로도 의미 있는 결과를 만든다.

독서를 흔히 사적인 행위로 인식하지만 독서만큼 공적인 행위도 찾기 어렵다. 작가가 책에 담으려는 내용은 물론이고 독자가 책을 읽는 목적과 가치도 그러하다. 지극히 사적인 즐거움을 위한 쾌락

독서에 머무는 경우는 매우 드물다. 문학뿐 아니라 다른 분야의 책도 인간과 사회, 자연과 예술에 대한 논의가 통합적으로 다뤄진다는 점에서 독서는 사회적 행위라고 볼 수 있다. 개인의 말과 행동은 타인에게 영향을 미치고 공동체 전체의 변화를 이끈다는 당연한 논리가 아니라, 책을 매개로 한 지식과 정보의 '생산-유통-소비'와 책을 읽는 개별 독자의 변화가 모두 사회적 담론의 실천 과정이기 때문이다.

20세기의 화두 중 하나는 탈식민주의였다. 식민주의는 열등감과 불평등, 역사의 왜곡을 낳으며, 우리뿐만 아니라 전 세계에 큰 비극을 초래했다. 이런 식민주의를 비판적 시선으로 읽어내려는 '대응 담론'이 바로 탈식민주의다. 탈식민화란 "모든 형태의 식민주의자의 권력을 드러내고 해체하는 과정"[22]이다. 2차 세계대전 이후 세상의 변화에 주목한 이론이다. 대개 역사와 사회는 지나간 시간, 벌어진 사건에 대한 정리에 불과하다. 이를 통해 독자는 자연스레 미래를 전망하게 된다. 과거와 현재의 연장선에서 미래를 그려보고 변화와 실천을 고민한다. 식민주의에 대한 열등감과 불평등은 여전히 우리 사회를 지배하고 있으며 형태만 달라졌을 뿐 우리 의식 속에 뿌리 깊게 자리 잡고 있다. 독서는 이 같은 문제를 인식하게 하고 자기 생각과 행동을 변화시킴으로써 자연스럽게 사회 변혁의 디딤돌이 된다.

같은 책을 읽은 사람들끼리의 연대와 유대는 또 다른 방식으로 변화를 초래한다. 같은 학교, 직장 내 독서 모임은 나름의 장단점을 지닌다. 공통 관심사, 비슷한 수준의 도서 선정이 가능하다. 평소에도 소통이 원활하게 이뤄질 뿐만 아니라 내부적 결속이 단단해진다. 업무와 일 처리에도 도움이 될 뿐 아니라 구성원 간의 관계도 긴밀해진다. 하지만 동종 교배의 한계는 분명히 드러난다. 이해관계가 전혀 없는 불특정 독서 모임은 오로지 책이라는 매개체로 모인다. 직업, 나이, 종교, 정치적 성향까지 다종다양하여 예상치 못한 반응, 의외의 생각들이 부딪치는 즐거움을 얻는다. 자기 검열 없이 자유롭게 생각과 감정을 드러낼 수 있는 모임은 생각보다 많지 않다. 반면 연결 고리가 약하기 때문에 지속성을 유지하기 어렵고 구성원 간의 친밀도와 관계 양상이 제각각이다.

책을 읽는 행위 자체가 사회 변화의 시작이라면 독서 모임은 구체적인 실천 의지의 표현이다. 토론과 질문이 넘치는 삶이 개인의 발전은 물론 사회 변화를 이끈다는 건 분명한 사실이다. 적극적이고 능동적인 독자로 거듭나기 위한 노력은 개인의 선택이다. 어떤 책도 가만히 앉아 읽기만 한다면 찻잔 속 태풍에 그치기 마련이다. 선한 영향력은 인간과 사회를 조금 더 나은 곳으로 안내한다. 독서는 개인적 즐거움과 충만함을 넘어 삶의 변화를 이끌고 세상의 변화를 추동하는 힘으로 작용한다.

성숙한 독자로
거듭나라

_____ 더 적게 더 낮게 더 가까이 읽어라

처음으로 오디오북이 설문에 포함된 2019년 '국민독서실태조사' 결과를 보면 우리 사회의 독서량을 확인할 수 있다. 초등학생의 연평균 독서량은 86.9권, 중학생은 25.5권, 고등학생은 12.5권, 성인은 7.5권이다. 성인 중 44.3퍼센트는 1년 동안 책을 한 권도 읽지 않는다. 92.1퍼센트나 되는 학생 독서율과 비교할 때, 어른들은 55.7퍼센트밖에 책을 읽지 않는다. 그나마 연간 독서율은 1년에 1권 이상 읽은 사람의 비율이다.

더욱 눈길을 끄는 통계는 연령대별 독서율이다. OECD 주요국은 10대(78.1%)에서 60대(73.9%)까지 독서율의 변화가 거의 없다. 하지만 대한민국은 10대(87.4%)에 뜨거웠던 독서 열기가 60대 (51.0%)가 되면 차갑게 식는다.[23] 30대 중반 이후 책에서 손을 놓는다는 통계는 우리의 독서 현실을 극명하게 반영한다. 전부는 아니겠지만 사람들 대부분은 책을 입시, 취업, 승진, 자기계발의 차원으로 접근한다는 의미가 아닐까. 취업과 결혼, 안정된 생활이 시작되면 오히려 책을 손에서 놓는다는 통계가 우리를 슬프게 한다.

책을 읽는다고 응답한 사람들의 연평균 독서량은 12권 정도다. 그렇다면 읽는 사람은 한 달에 한 권 이상 읽거나 그 외에는 읽지 않는다는 평균의 함정에 빠질 수 있다. 평균값으로 추정할 수 없는 통계의 빈자리가 많기 때문이다. 평소 꾸준히 책을 읽는 대한민국 사람은 얼마나 될까. 아니, 그보다 '책 이외의 다른 콘텐츠를 이용' 하느라 책을 읽지 않는다는 어른들이나 '학교나 학원 때문에 책 읽을 시간이 없어서' 책과 멀어진다는 아이들의 답이 우리 사회의 단면을 보여준다. 오늘 우리의 독서 현실을 돌아보는 이유는 책 읽는 목적과 방법에 대한 객관적 고민 때문이다. '나'는 책을 읽는 사람인가 아닌가. 그보다 책을 읽으려는 사람인가 아닌가. 미래를 위한 독서에 초점을 맞추자면 독서량의 부담에서 벗어날 필요가 있다. 통계로 확인할 수 없는 '비독자'나 '간헐적 독자'라도 자기 미래를 준비하기 위해서는 언제든 능숙한 독자가 될 수 있다. 꾸준히 책을 읽는 사람도 방법과 태도를 점검하며 성숙한 독자가 되기 위해 조금씩 변화를 시도해보는 건 어떨까.

1896년 프랑스 쿠베르탱이 세계인의 평화를 기원하는 축제를 만들었다. 올림픽의 기원은 고대 그리스의 폴리스들이 같은 신을 섬긴다는 동족 의식을 강화하기 위해 4년마다 열었던 올림피아 제전이다. 우리가 잘 알고 있는 "보다 빠르게Citius, 보다 높게Altius, 보다 강하게Fortius"라는 표어는 향상된 기량을 선보이는 선수들의 모습을 잘 반영한다. 하지만 이것은 우열을 가리고 순위를 매기는 경쟁 시스템을 의미하지 않는다. 올림픽 정신은 여전히 승리보다 도전과 참가에 더 큰 의의를 둔다. 자본주의의 사회 현실은 끊임없는 경쟁과 속도에 좌우된다. 하지만 독서는 올림픽 정신의 본질과 닮았다. 남들보다 많이 읽으려는 생각을 버리고 오히려 더 적게 읽고 더 낮은 자세로 읽되 문제의 근본에 더 가까이 다가가려는 태도가 중요하다. 이 과정에서 자연스레 내적 성장이 이루어지며 성숙한 인간으로 거듭난다. 타인의 시선에 얽매이지 않고 독서량을 가늠하지 않는 태도가 더 도움이 된다. 자기 성장을 향한 독서가 오히려 더 빠르고 더 높고 더 강한 미래를 준비하는 읽기로 이어진다.

경쟁은 세상을 살아가며 피할 수 없다. 누구나 자유롭고 평등한 민주주의 사회에서도 경쟁이 치열하다. 모든 가능성에 도전할 수 있는 현대인은 자기 책임과 의무가 많아졌다. 책을 읽을 필요가 없는 사람이 많던 시대가 더 행복했을까. 누구나 읽을 수 있고 독서를 통해 무한한 가능성이 열린 시대를 사는 우리가 더 고단한 건 아닐까. 부담을 덜고 적고 깊게 읽어도 좋고 천천히 오래 읽어도 좋다. 방향을 점검하고 꾸준히 한 걸음씩 나아가며, 자신의 변화를 스스로 만들어가려는 태도가 바람직하다.

_____ 내면의 성숙을 향해 계속 나아가라

20세기가 성장 사회였다면 21세기는 성숙 사회가 될 것이라는 교육 개혁 실천가 후지하라 가즈히로의 말에 공감할 수밖에 없다.[24] 2차 세계대전 이후 고도성장을 이룩한 '라인강의 기적'이니 '한강의 기적'이니 하는 말들은 이제 20세기의 추억으로 남았다. 저성장 시대로 접어든 세계 경제는 이제 성장률이 아닌 성숙도에 관심을 가져야 하지 않겠는가. 자본주의 관점에 익숙한 우리는 성장을 멈추면 불안해한다. 한순간도 제자리에 머물지 않고 앞으로 나아가야 한다고 생각한다. 어제보다 나은 내일은 성장과 비교를 통해 측정한다. 인공지능 시대와 4차 산업혁명을 앞두고 우리에게 필요한 것은 먹거리와 성장에 대한 고민이 아니라 기본 소득과 삶의 질을 높이기 위한 준비가 아닐까.

'성장'은 발전 혹은 향상을 의미한다. 경쟁과 비교를 통해 뚜렷한 양적 변화를 확인할 수 있다. 반면 '성숙'은 양적 증가가 아니라 질적 전환이다. 변화를 감지하기 힘들고 상태를 점검하기도 어렵다. 성장과 성숙은 비슷하면서 다르고, 다르지만 유사한 면이 없지 않다. 독서가 한 인간을 성장시킨다는 말은 내면세계의 질적 변화를 뜻한다. 책을 읽은 후에는 그 이전의 상태로 돌아갈 수 없다. 음식이 몸을 성장시키듯 책은 인간의 영혼을 성숙하게 만든다. 성장은 언젠가 멈추지만 성숙에는 한계가 없다. 앎의 추구가 성장이라면 무지의 바다를 유영하는 일이 성숙이다. 그래서 앎은 한정되어 있으나 무지에는 끝이 없다.

대체로 사람들이 지향하는 독서의 목적은 자신을 성장하게 하는 무언가를 찾기 위해서일 것이다. 그것은 틀리지도 나쁘지도 않다. 입시와 취업, 자격증과 승진 등의 변화가 그 현실적 잣대가 아닌가. 다만 성숙한 태도를 갖추지 못한 채 성장한 사람의 말로는 비참하다는 사실을 기억해야 한다. 성공을 성장과 혼동해선 안 된다. 성숙한 독서는 사람의 마음을 연다. 주변을 돌아보는 여유가 생긴다. 타인과 세상에 대한 오해의 늪을 건너 이해의 숲을 거닌다. 한 걸음 떨어져 자신을 바라보는 객관적 안목이 생기며 오늘과 다른 내일의 희망을 품는다.

성숙한 사람은 세속적 프레임에서 자유로운 사람이다. 타인을 평가하는 기준과 세상을 보는 관점이 남다르다. 정작 중요한 건 눈에 보이지 않는다는 사실을 입으로 되뇌는 게 아니라 체화한 사람이다. 독서는 그 자체로 인격 수양의 도구이며 마음 챙김의 수단이다. 작은 이익보다 더 큰 관계를 생각하는 태도가 성숙한 사람을 만든다. 중국 현대문학의 지평을 연 실천적 지식인 루쉰의 '조화석습朝花夕拾'[25]은 책 읽는 사람에게도 해당한다. 아침에 떨어진 꽃을 그 자리에서 쓸어버리지 말고 저녁까지 기다리는 여유를 가지라는 말은 독서의 방법론으로 삼아도 좋다. 즉흥적이고 감각적인 표현과 달콤한 위로보다 거부감이 생기고 갈등이 생기는 문장, 두고두고 곱씹을수록 그 뜻이 깊고 향기가 나는 책을 선택하는 것이 좋다. 천천히 읽고 깊이 사유하는 과정이 그대로 성숙해지는 시간이다.

미네르바의 부엉이는 황혼 무렵에 날개를 편다. 낮에는 사물을 보지 못하고 해가 진 뒤에 세상을 보는 부엉이는 무리 생활을 하지 않고 홀로 밤하늘을 떠돈다. 일이 벌어진 다음에야 뒤늦게 그 의미를 깨닫는 인간의 어리석은 인식 태도가 부엉이와 다르지 않다. 그나마 인간에게는 책이 있어 뒤늦은 깨달음이라도 준다. 대개 사람들은 미네르바의 부엉이를 거부한다. 아니 불편해한다. 성찰과 반성을 통해 교훈을 얻지 못하는 사람에게는 미래가 없다고 충고한 수많은 역사가의 일관된 이야기를 새겨듣지 않는 이유가 있을까. 눈앞의 이익과 현실에 매몰되어 내면의 성숙을 향해 나아갈 시간이 없다. 스마트폰과 SNS에 몰입할 시간은 있어도 책을 읽을 여유는 사라진 지 오래다. 미래가 불안하다면, 읽기의 미래가 궁금하다면 자신의 내면을 돌아보고 외적 성장만큼 내적 성숙이 동반되고 있는지 잘 살펴보는 일이 우선이다.

아름다운 마무리를 준비하라

독일 학자들은 노년에 생기는 독특한 스타일을 기술할 때 '알터스틸Altersstil'이라는 단어를 사용한다. 본질적 형태의 감소와 초월적 특성을 의미하는 단어다. 도나텔로, 미켈란젤로, 렘브란트, 고야의 후기 작품들이 이런 노년 감수성의 빼어난 사례다. 이 작품들은 인간 경험의 본질을 밝혀주고 궁극적인 영적 존재를 표현하고 있다.[26] 사람은 누구나 늙는다. 그리고 죽는다. 이 자명한 진리 앞에 만인은 평등하다. 시간은 한순간도 인간을 내버려두지 않는다. 모든 유기체의 숙명인 탄생, 성장, 소멸의 질서 앞에서 우리는 숙연해진다.

책과 미래, 인공지능 시대의 책 읽기도 그 끝이 정해진 게임과 같다. 무엇을 향해 어디로 가는지 알 수 없으나 각자의 방식으로 그 마무리를 준비해야 한다. 어떻게 끝낼 것인가. 사랑의 종착역은 이

별이 아니다. 결혼이 사랑의 완성이 아니듯. "칼로도 벨 수 없는 것들이 있지. 외롭고 뜨거운 마음 같은 거." 드라마 〈미스터 션샤인〉(2018)에서 쿠도 히나가 구동매에게 한 말이다. "누군가를 사랑하려면 떠나야 할 때도 있지." 영화 〈블레이드 러너 2049〉(2017)에서 릭 데커드가 K의 질문에 이렇게 답한다. 사랑은 눈에 보이지 않는 추상적 감정이다. 본능처럼 일어나는 열정이지만 영원하지 않아서 아름다운 게 아닐까. 언어도 사랑과 같이 보이지 않는 세계를 구체화하는 도구에 불과하다. 영화나 드라마와 달리 인생에 조연은 없다. 모든 사람은 각자 자기 삶의 주인공이다. 모든 독자가 자기가 읽고 있는 책의 주인공인 것처럼.

자기 삶의 마무리가 각자의 몫이듯 자신을 위한 독서의 마무리도 지극히 개별적이다. 책을 읽는 행위의 마무리는 글쓰기라고 생각한다. 한 권의 책을 읽는 동안 수없이 던진 질문과 상상의 세계를 기록하는 일은 기억의 한계를 극복하는 방법이며 새로운 지식과 정보의 생산이다. 분야를 정하고 깊이 들여다보거나 시기별로 독서 이력을 정리할 수도 있다. 자신의 성향, 독서 상황, 관련 업무, 미래의 꿈에 따라 책을 읽는 목적과 방법은 개인적으로 달라질 수 있지만, 새로운 정보를 기록하고 정리하며 자기 생각을 보태는 일은 누구에게나 권할 만한 방법이다. 어디라도 좋다. 자기만의 기록은 그 누구도 아닌 '나'를 위한 독서와 글쓰기로 이어진다.

크게는 자기 삶에서 책이 주는 의미와 역할을 고민하고 작게는 현실적인 문제를 해결하고 미래를 준비하는 구체적 방법을 찾는 과정으로서의 독서가 필요하다. 생애 주기별 독서의 목적이 다르듯 사람마다 책을 읽는 방법과 태도도 조금씩 차이가 있다. 남들과 비교하는 독서, 현실적 목표를 위한 수단으로서의 독서에서 벗어나 책 그 자체를 목적으로 삼는 독서를 시작해보자. 시작은 아주 작고 보잘것없을 수도 있지만 걷다 보면 길이 생긴다. 어제보다 나은 나를 위한 독서는 혼자라도 외롭지 않다. 성공을 위한 책 읽기가 아니라 성숙한 인간이 되기 위한 독서는 편안하고 즐거운 산책이다.

어떤 마음으로 책을 잡았든지 우리에게 필요한 건 삶을 위한 독서다. 책이 세계 구원의 도구가 될 수 있다는 거창한 구호는 허망하다. 국가와 민족에 헌신하려는 태도를 길러준다는 명분도 필요 없다. 훌륭한 사람이 되겠다는 모호한 생각도 부질없다. 책은 그저 자기 삶을 위한 동반자이며 생각의 도구일 뿐이다. 주체적인 삶을 위한 도구로 활용하며, 책의 노예가 아니라 주인으로 살아야 한다. 비교와 경쟁이 아니라 자기 주도적 독서가 필요하다. 인간과 자연에 대한 호기심, 자기 삶의 궁극적 종착지를 고민하는 태도가 성숙한 인간의 독서법이다. 우리는 누구도 아닌 바로 자기 자신의 삶을 살아야 하기 때문이다. 아름다운 마무리는 인생뿐 아니라 책을 읽는 사람에게도 중요한 덕목이다.

읽기의 미래

_____ 읽기는 불안을 극복하는 힘이다

불안한 미래는 인간의 숙명이다. 미지의 세계를 동경하고 탐험하던, 호기심 많던 아이들은 다 어디로 갔을까. 알 수 없어 설레던 마음의 아이는 돌처럼 굳은 안정을 추구하는 어른으로 자란다. 한 치 앞을 내다볼 수 없을 정도로 세상은 빨리 변한다. 속도와 규모를 짐작하기도 어렵다. 안정된 직장과 확실한 미래를 추구하는 사람들의 속내를 탓할 수는 없다. 우리는 미래에 대한 불안을 극복할 수 있을까.

책 속에서 길을 찾고 무지에서 깨어나 인간과 세상을 두루 통찰할 수 있는 안목을 갖는다면 인생은 조금 달라진다. 흔들리지 않고 피는 꽃은 없으나 여론에 흔들리고 시류에 영합하며 타인의 말에 선택을 미루는 사람이 행복할 리 없다. 읽기의 미래는 희망찬 꽃길도 아니고 암울한 디스토피아도 아니다. 밝은 미래를 위해서는 선택과 태도가 중요하다. 능력주의 신화의 오류를 점검하고 세습 자본주의의 현실을 꿰뚫어 보는 안목도 필요하다. 책을 읽는 행위는 사람과 세상을 읽는 일이다. 우선 자기 삶의 좌표를 확인해보자. 대한민국의 정치 제도와 경제 시스템은 물론 과거와 현재의 역사를 살피고 미국과 유럽, 아시아, 아프리카, 라틴아메리카 등 네트워크 세상 곳곳의 상황도 찬찬히 톺아보자. 인류의 역사, 문화, 예술을 읽는 과정은 자연스럽게 현재를 이해하고 미래를 예측하는 안목을 선물한다.

지식과 정보를 축적하고 전문 지식을 갖추는 전통적인 의미의 독서도 중요하지만, 인공지능 시대의 읽기는 어떠해야 할까. 우리 앞에 펼쳐진 미래는 유연하고 창발적인 사고를 통해 끊임없이 변화, 발전하는 시대를 예고한다. 진로와 직업 선택의 기준도 달라지고 일의 형태와 종류도 변해간다. 잠시도 제자리에 머물지 않고 흐르는 강물처럼 미래는 매우 빠른 속도로 우리 앞을 지나쳐 갈 것이다. 그러니 과학기술의 발달 속도를 따라잡으려는 무모한 노력 대신 인간과 세상을 읽는 능력, 자신의 능력과 상황을 돌아보는 시간이 필요하다. 무엇보다 비판적인 안목으로 선택적 고민을 시작해야 한다. 넘치는 지식과 정보를 제대로 읽는 사람이라야만 흔들리지 않고 험한 세상을 살아갈 수 있기 때문이다.

읽기의 미래

"북극을 가리키는 지남철은 무엇이 두려운지 항상 그 바늘 끝을 떨고 있다. 여윈 바늘 끝이 떨고 있는 한 그 지남철은 자기에게 지니워진 사명을 완수하려는 의사를 잊지 않고 있음이 분명하며 바늘이 가리키는 방향을 믿어서 좋다. 만일 그 바늘 끝이 불안스러워 보이는 전율을 멈추고 어느 한쪽에 고정될 때 우리는 그것을 버려야 한다. 이미 지남철이 아니기 때문이다"[1]라는 민영규의 말은 깊은 울림을 준다. 전통 사회는 태어나면서부터 갈 길이 정해져 있고 삶의 형태도 단순했다. 하지만 현대인은 불안한 미래를 향해 떨고 있다. 북극을 가리키는 지남철의 바늘 끝처럼. 의심과 질문의 과정이 인간의 성장을 돕는다. 문자 언어를 익혀 책을 읽고 생각하는 능력이 자연스레 미디어를 읽고 쓰는 능력으로 전환된다. 본질을 외면한 채 각박한 현실에서 서성이는 사람의 뒷모습은 쓸쓸하다.

독서를 통해 기른 분석, 상상, 추론 능력은 논리적 판단력과 창의적 상상력으로 자연스레 연결된다. 우리가 사는 시대를 넘어 책의 미래는 어떤 모습일까. 전자책, 오디오북 등 책의 형태가 바뀐다고 해도 독서의 본질은 변하지 않을 것이다. 다만 독자가 책을 읽는 목적과 방법은 시대의 변화에 따라 점검해야 한다. 읽기의 확장성에 대해 조금씩 더 고민해야 하는 시대다. 비대면 시대의 읽기 능력은 대면 접촉을 통해 비언어적·반언어적 표현을 감지하는 소통 방식과 달라질 것이다. 지금은 독서의 패러다임을 바꿔야 할 시점인지도 모른다. 책의 역할과 기능을 점검하고 미래를 위한 독서가 어떠해야 하는지 이제 논의를 시작해도 충분하다.

"불안은 자유의 현기증"이라는 쇠렌 키르케고르의 말은 21세기에도 유효하다. 그러나 그 불안을 극복하는 방법은 도전할 수 있는 용기와 실패할 수 있는 자유다. 어떻게 읽느냐에 따라 우리의 미래는 전혀 다른 모습으로 다가오지 않을까. 두려워 말고 불안을 즐기며 미래를 향해 나아갈 시간이다.

여는 글

1 김환석 외, 『21세기 사상의 최전선』, 이성과감성, 2020, p.59.

2 존 캐그, 『심연호텔의 철학자들』, 전대호 옮김, 필로소픽, 2020, p.8. 『유고』(프리드리히 니체, 1873)에서 재인용.

1부 1장

1 「2019년 국민독서실태조사」, 문화체육관광부, 2020.

2 매리언 울프, 『책 읽는 뇌』, 이희수 옮김, 살림, 2009, p.15.

3 샤를 단치, 『왜 책을 읽는가』, 임명주 옮김, 이루, 2013, p.39.

4 앞의 책, p.103.

5 안토니오 다마지오, 『느낌의 진화』, 임지원·고현석 옮김, 아르테, 2019, p.24.

6 최재붕, 『포노 사피엔스』, 쌤앤파커스, 2019, p.25.

7 모바일 결핍 공포증(no-mobile-phobia)의 줄임말로 휴대폰이 없으면 불안과 공포에 휩싸인다는 뜻이다(애덤 알터, 『멈추지 못하는 사람들』, 홍지수 옮김, 부키, 2019, p.30).

8 마셜 매클루언, 『미디어의 이해』, 김상호 옮김, 커뮤니케이션북스, 2011, p.211.

9 리처드 니스벳·리 로스, 『사람일까 상황일까』, 김호 옮김, 심심, 2019.

10 바비 더피, 『팩트의 감각』, 김하현 옮김, 어크로스, 2019.

11 마스다 무네아키, 『지적자본론』, 이정환 옮김, 민음사, 2015.

1부 2장

1 「주52시간제로 여가 시간 증가… 미디어 이용 61% 늘어」, 〈MBC 뉴스〉, 2020.02.02.

2 이시다 히데타카, 『디지털 미디어의 이해』, 윤대석 옮김, 사회평론, 2017.

3 마셜 매클루언, 『미디어의 이해』, 김상호 옮김, 커뮤니케이션북스, 2011.

4 에드워드 버네이스, 『프로파간다』, 강미경 옮김, 공존, 2009.

5 권호정 외, 『호모 컨버전스』, 아시아, 2016.

6 http://www.oecd.org/pisa/

7 원용진 외, 『4차 산업혁명 시대의 미디어 리터러시 교육』, 지금, 2018.

8 「"개가 고양이보다 두배 더 똑똑하다" 뉴런 개수로 보면…」, 〈문화일보〉, 2017.12.07.

9 「설연휴에 풀어보는 골때리는 '뇌퀴즈'」, 〈한겨레신문〉, 2020.1.24.

10 조창연, 『뉴로 커뮤니케이션』, 커뮤니케이션북스, 2015.

11 황치성, 『미디어리터러시와 비판적 사고』, 교육과학사, 2018.

12 존 레이티, 『뇌 1.4킬로그램의 사용법』, 김소희 옮김, 21세기북스, 2010, p.73.

13 한용환, 『소설학사전』, 푸른사상, 2016.

14 권영민, 『한국현대문학대사전』, 서울대학교출판부, 2004.

15 베네딕트 앤더슨, 『상상의 공동체』, 윤형숙 옮김, 나남, 2003.

16 유발 하라리, 『사피엔스』, 조현욱 옮김, 김영사, 2015.

17 C. 라이트 밀즈, 『사회학적 상상력』, 강희경·이해찬 옮김, 돌베개, 2004.

18 제임스 W. 페니베이커, 『단어의 사생활』, 김아영 옮김, 사이, 2016.

19 김대식·다니엘 바이스, 『창조력은 어떻게 인류를 구원하는가』, 박영록 옮김, 중앙북스, 2017.

2부 1장

1 최윤필, 「자식은 부모하기 나름? 양육가설은 오류투성이」, 〈한국일보〉, 2019.02.25.

『양육가설』(주디스 리치 해리스, 최수근 옮김, 이김, 2017)에서 재인용.

2 개인용 정보 단말기(Personal Digital Assistant)를 뜻한다. 개인 정보를 관리하거

나, 컴퓨터와 정보를 주고받을 수 있는 휴대용 컴퓨터의 일종이다. 무선 통신과 정보

처리 기능을 결합한 개인 휴대기기이다.

3 헥터 맥도널드, 『만들어진 진실』, 이지연 옮김, 흐름출판, 2018.

4 바비 더피, 『팩트의 감각』, 김하현 옮김, 어크로스, 2019.

5 한스 로슬링 외, 『팩트풀니스』, 이창신 옮김, 김영사, 2019.

6 레프 니콜라예비치 톨스토이, 『부활』, 연진희 옮김, 민음사, 2019.

7 정희상·최빛, 『팩트와 권력』, 은행나무, 2019.

8 김경욱, 『개와 늑대의 시간』, 문학과지성사, 2016.

9 수전 손택, 『해석에 반대한다』, 이민아 옮김, 이후, 2002.

10 칼 세이건, 『코스모스』, 홍승수 옮김, 사이언스북스, 2006, p.561.

11 마크 맨슨, 『신경 끄기의 기술』, 한재호 옮김, 갤리온, 2017, p.47.

12 앞의 책, p.47.

13 정희진, 『정희진처럼 읽기』, 교양인, 2014.

2부 2장

1 곽호완 외, 『실험심리학 용어사전』, 시그마프레스, 2008.

2 B. 스피노자, 『에티카』, 강영계 옮김, 서광사, 2007, p.220.

3 앤절라 더크워스, 『그릿』, 김미정 옮김, 비즈니스북스, 2016.

4 B. 스피노자, 『에티카』, 강영계 옮김, 서광사, 2007, p.224.

5 자크 아탈리, 『호모 노마드 유목하는 인간』, 이효숙 옮김, 웅진지식하우스, 2005.

6 에이브러햄 매슬로, 『매슬로의 동기이론』, 소슬기 옮김, 유엑스리뷰, 2018.

7 유발 하라리, 『사피엔스』, 조현욱 옮김, 김영사, 2015, p.175.

8 막스 베버, 『프로테스탄티즘의 윤리와 자본주의 정신』, 박성수 옮김, 문예출판사,

   1996, p.38.

9 한동일, 『라틴어 수업』, 흐름출판, 2017.

10 스리니바산 필레이, 『멍 때리기의 기적』, 안기순 옮김, 김영사, 2018.

11 알버트 라즐로 바라바시, 『링크』, 강병남·김기훈 옮김, 동아시아, 2002.

12 안토니오 스카르메타, 『네루다의 우편배달부』, 우석균 옮김, 민음사, 2004.

13 토머스 새뮤얼 쿤, 『과학혁명의 구조』, 김명자·홍성욱 옮김, 까치, 2013.

14 제임스 서로위키, 『대중의 지혜』, 홍대운·이창근 옮김, 랜덤하우스코리아, 2005,

   p.88.

15 토마 피케티, 『21세기 자본』, 장경덕 옮김, 글항아리, 2014.

16 성한용, 「'상식의 힘' 앞에서 무너지는 보수언론·파워 논객들」, 〈한겨레신문〉,

   2020.01.12.

2부 3장

1 무라타 사야카, 『편의점 인간』, 김석희 옮김, 살림, 2016.

2 「노벨문학상 수상자 작품, 지금도 편집자 선택 받을 수 있을까」, 〈연합뉴스〉,

   2017.12.19.

3 리처드 바크, 『갈매기의 꿈』, 공경희 옮김, 나무옆의자, 2018.

읽기의 미래

4 프리드리히 니체,『짜라투스트라는 이렇게 말했다』, 사순옥 옮김, 홍신문화사, 2006.

5 데이비드 크리스천,『시간의 지도』, 이근영 옮김, 심산, 2018.

6 칼 세이건,『코스모스』, 홍승수 옮김, 사이언스북스, 2006.

7 세스 스티븐스 다비도위츠,『모두 거짓말을 한다』, 이영래 옮김, 더퀘스트, 2018, p.188.

8 리처드 탈러,『똑똑한 사람들의 멍청한 선택』, 박세연 옮김, 리더스북, 2016.

9 폴 리쾨르,『시간과 이야기 1』, 김한식·이경래 옮김, 문학과지성사, 1999.

10 류동민,『마르크스가 내게 아프냐고 물었다』, 위즈덤하우스, 2012.

11 로버트 단턴,『고양이 대학살』, 조한욱 옮김, 문학과지성사, 1996.

12 이희인,『자, 이제 다시 희곡을 읽을 시간』, 테오리아, 2019.

13 김원영,『실격당한 자들을 위한 변론』, 사계절출판사, 2018.

14 김지혜,『선량한 차별주의자』, 창비, 2019.

15 말콤 글래드웰,『블링크』, 이무열 옮김, 21세기북스, 2016.

16 한나 아렌트,『예루살렘의 아이히만』, 김선욱 옮김, 한길사, 2006.

17 표정훈,『혼자 남은 밤, 당신 곁의 책』, 한겨레출판, 2019, p.286.

18 이한,『삶은 왜 의미 있는가』, 미지북스, 2016, p.145.

19 알베르토 망구엘,『은유가 된 독자』, 양병찬 옮김, 행성B, 2017, p.121.

20 피터 버크,『지식은 어떻게 탄생하고 진화하는가』, 이상원 옮김, 생각의날개, 2017, p.19.

21 김찬호,『모멸감』, 문학과지성사, 2014, p.271.

22 박종성,『탈식민주의에 대한 성찰』, 살림, 2006.

23 「해외 주요국의 독서실태 및 독서문화진흥정책 사례 연구」, 문화체육관광부, 2015.
이 보고서는 OECD 국가 중 21개국을 분석 대상으로 삼았다. 21개국은 대한민국, 네
덜란드, 노르웨이, 덴마크, 독일, 미국, 벨기에, 스웨덴, 스페인, 슬로바키아, 아일랜
드, 에스토니아, 영국, 오스트리아, 이탈리아, 일본, 체코, 캐나다, 폴란드, 프랑스, 핀
란드이다.

24 후지하라 가즈히로, 『책을 읽는 사람만이 손에 넣는 것』, 고정아 옮김, 비즈니스북
스, 2016.

25 노신, 『무덤』, 홍석표 옮김, 선학사, 2003.

26 마크 E. 윌리엄스, 『늙어감의 기술』, 김성훈 옮김, 현암사, 2017, p.199.

닫는 글

1 민영규, 『예루살렘 입성기』, 연세대학교출판부, 1976, p.406. 『담론』(신영복, 돌베
개, 2015)에서 재인용.

읽기의 미래

2020년 10월 30일 1판 1쇄 인쇄
2020년 11월 10일 1판 1쇄 발행

지은이 류대성
펴낸이 한기호
책임편집 정안나
편집 도은숙, 유태선, 염경원, 김미향, 김민지
마케팅 윤수연
디자인 북디자인 경놈
경영지원 국순근
펴낸곳 북바이북
       출판등록 2009년 5월 12일 제313-2009-100호
       주소 04029 서울시 마포구 동교로 12안길 14(서교동) 삼성빌딩 A동 2층
       전화 02-336-5675 팩스 02-337-5347
       이메일 kpm@kpm21.co.kr
       홈페이지 www.kpm21.co.kr

ISBN 979-11-90812-09-2 03800